KB265530

길의 안부를 묻다

길의 안부를 묻다

길의 안부를 묻다

2013년 6월 10일 제1판 제1쇄
2013년 6월 24일 제1판 제2쇄

지은이　　범대순 외
펴낸이　　강봉구

마케팅　　윤태성
디자인　　비단길
인쇄제본　(주)아이엠피

펴낸곳　　작은숲출판사
등록번호　제313-2010-244호
주소　　　121-894 서울시 마포구 합정동 367-9
전화　　　070-4067-8560
팩스　　　0505-499-8560

홈페이지　http://cafe.daum.net/littlef2010
페이스북　http://www.facebook.com/littlef2010
이메일　　littlef2010@daum.net

ⓒ범대순 외

ISBN 978-89-97581-23-8　03810
값 13,000원

담양 문학촌 작가들의 인생 이야기

길의 안부를 묻다

범대순 외 지음 / 김관빈 사진

작은숲

차례

4장 ······ 숨은 얼굴을 그리다

머리말

이형기의 시 「적막강산」에나 어울릴까. 마지막 한 개비 담배가 바닥 나거나, 불현듯 '백아산 막걸리' 생각이 컬컬한 목을 조르듯 부추길 때 면 종종걸음으로 서너 시간 발품을 팔아야 겨우 주막처럼 산마을 어귀 에 웅크리고 있는 구멍가게를 만날 수 있는 심심산골. 한밤을 애 녹이 듯 부엉이, 소쩍새 번갈아 청승맞은 목청을 뽑고 발치의 개울물 소리는 깊은 정적을 자장가처럼 어루만지는 외딴 산채. 창작이라는 '선택적 우 연'을 매개로 만난 작가들이 혈연도, 지연도 아닌 일단의 가족을 일구게 되었다.

피곤한 안일과 무감각한 감수성을 뒤섞은 도시의 퓨전 커피에 멋모 르고 길들여진 입맛에게 탈문명적 자연 일변도의 공동생활은 일부러 불편을 감수해야 하는 생뚱맞은 신접살이였다. 그런데도 그들은 저마 다 다투어 서툰 만큼이나 호기심 어린 불목하니, 설거지, 바리스타를 자처했다. 다슬기를 잡아 수제비를 끓이고, 호들갑을 떨며 서리한 더덕 으로 즉석에서 다과회를 열기도 했다. 멀리 섬에서 뭍이라고 기껏 산중 에 이른 초로의 소설가는 첫눈 내리는 날을 고르고 골라 성형할 수 없

는 문신인 첫사랑을 찾아 대하소설 첫 장의 행장을 꾸리는가 하면, 오십 줄에서야 모처럼 한 달의 휴가를 얻은 여자 시인은 하루, 아니 일 분 일 초가 신혼 시절보다 아깝고 아쉽다고 했다. 한 병의 소주가 사무치게 그리워 새벽 세 시를 오갈 데 없이 애꿎은 마당만 서성이는 숨죽은 슬리퍼 소리도 있었다. 모두가 만성 피로에 징발된 도시의 틀에 박힌 일상으로부터 해방되고 싶은 잠재적 원심력의 발현이었다. 어느덧 그들에겐 오지의 원시적 불편이 오히려 해방 공간을 만끽할 수 있는 자유의 무풍지대로 탈바꿈되고 있었다.

굳이 도시와 시골을 이분법적으로 구획 정리하자는 저의는 아니지만, 비인간적 자본주의의 사생아인 도시적 야만이 지배하는 세상은 갈수록 각박하고 잔혹하고 삭막하기만 하다. 반생명적 아스팔트 문화의 무한 영토 확장에 생명의 원천인 흙의 면적은 무참히 잠식되고, 거미줄처럼 헝클어진 극악한 생존 투쟁의 활주로를 부자와 형제가 다투어 질주하며 미친 듯이 바쁘다고, 바빠서 미칠 것 같다고들 아우성이다. 앞만 보고 달리기도 바빠 도무지 뒤돌아볼 여유를 잃은 지 언제인가. 브

레이크 없는 과속과 광기의 쌍두마차가 서로의 말꼬리에 불을 지피며 내일을 끌고 간다. 이것이 소위 몰지각한 외형만의 피상적 행복과 편리를 바퀴삼아 달려온 문명의 현주소이다.

문학은 진리가 함몰된 고통의 실체를 외면한 채 한가로울 수만은 없다. 현장성이 그 무대이며 소재이자 생명이기 때문이다. 세속의 삶에 찌든 중생의 아픔을 외면하고 적정삼매경에 빠져 유유자적할 수만 없는 유마처럼, 작가들은 역사와 사회의 첨예한 실상에 치열하게 고뇌하고 예언적 해결책을 강구해야 한다. 그러나 자연과의 내밀한 조응 말고는 출구가 없는 자승자박의 눈먼 행진에서 탈출을 꿈꾸는 것이야말로 지성에 터 잡은 선지식을 추구하는 문학의 진정한 소임이 아닐까. "자연으로 돌아가자"는 루소의 대오일성과 월든 숲속 자연인의 안타까운 경고음이 울린 지는 벌써 옛날이다.

흔히 인류 역사상 가장 아름답고 숭고한 영혼으로 아메리카 인디언을 꼽는다. 그들은 서양의 정복자들과는 사고방식이나 삶의 질이 판이하게 달랐다. 고도로 문명화된 서양인들이 영혼이나 정신, 사고방식에

있어서 오히려 그들에게 한참 야만으로 비쳤다. 그들이 뛰어난 점은 자연과의 화음을 빚기 위해 끊임없이 자기 성찰을 일상화한 것이다. 그들에겐 늘 평화와 자유와 경건으로 충만해 있었다.

문학촌의 작가들도 그랬다. 짧게는 한 달, 대개는 3개월을 도시와 집으로부터 격리돼 있으면서도 한사코 퇴실을 아쉬워하는 내심에는 문명의 일방적 횡포에 참담하게 배반당한 자연에 대한 뿌리 깊은 죄책감과 향수가 짙게 깔려 있었다. 그들은 은연중에 문득 뒤돌아보기 시작했다. 그리고 빼앗긴(내버린) 낙원에 대한 안타까운 기억소자인 일련의 소회들을 한데 모아보기로 했다. 살인적 경쟁과 과속의 소음에 찌든 눈과 귀와 손을 씻고, 만시지탄이지만 자연의 선물인 평화와 느림, 단순소박의 화음을 수놓기로 한 것이다. 이런 작가들의 자기 충전식 호기에 맞장구쳐, 열악한 출판계 현실에도 불구하고 선뜻 출간을 서둘러 준 작은숲의 강봉구 사장에게 거듭 감사 드린다.

2013년 6월

담양문학촌장

눈부신 고립을 꿈꾸다

눈부신 고립을 꿈꾸다가

눈송이가 마치 은총의 증표처럼 소복소복 쌓이고 있어요. 창작실 처마 발치에서 어깨동무를 하고 있는 고만한 체구의 철쭉과 동백나무도, 마당 가장자리에 에둘러 선 껑충한 편백나무며 오지랖 넓은 소나무도, 오늘은 머리에 새하얀 미사보를 썼습니다.

가장 눈에 띄는 곳은 마당 가운데에 자리한 장독대입니다. 여기에는 검정 수단 차림의 수도자들이 정연하게 열을 지어 무릎을 꿇고 있지요. 서로 비슷해서 검지로 쏘아 세 보니 도합 마흔네 분이시네요. 모두 다 등을 동그랗게 말고서 기도 중이신데, 기도할 때 저렇게 몸을 낮춰 머리를 조아리는 것은, 하늘에 계신 분은 늘 낮고 겸손한 자의 청을 먼저 들어주시기 때문이지요.

거실 통유리를 통해 눈의 세례식을 지켜보던 나는 거울 앞으로 다가가 머리에 헌팅캡을 눌러 씁니다. 각도를 달리하여 모자와 목도리와 옷의 매무새를 살핍니다. 거울 속 표정에서 반항적 이미지가 소거된 제임스 딘의 모습이 얼핏 스쳐 미간에 살짝 주름도 잡아봅니다.

"첫사랑 잘 만나고…… 오늘 들어오지 마십시오!"

앞방의 김 작가가 거울 귀퉁이에 스윽 나타나 수상한 당부를 합니다. 나는 무리를 부르는 늑대처럼 고개를 쳐들고 마른 웃음을 터뜨립니다. 현관으로 나와서 신발을 꿰는데 그가 다시 들리는 혼잣말로 중얼거립니다.

"샤워를 하고 나가시라니까는…….."

데이트를 나가면서 달랑 머리만 감은, 내 성의 없는 메이크업이 그는 마음에 들지 않는 모양입니다. 심신이 안팎으로 바싹거리기 시작한 지천명의 솔로인 그가 베테랑 기혼자인 내게 몸을 씻고 나가지 않는다고 타박을 하다니, 이는 마치 아마추어가 프로에게 훈수를 두는 격입니다.

나는 문을 밀면서 죽지 너머로 프로의 한 수를 툭 던집니다.

"샤워도 해야 할 타이밍이 있는 거요!"

송곳니를 드러낸 김 작가의 손사래가 부정적 대응인지, 배웅의 의미인지 애매합니다.

밖으로 나섭니다. 함박눈의 군무가 장관입니다. 천지간에 떼 지어 너울너울 낙화무落花舞를 춥니다. 나는 마당의 수도자들 곁을 종

밖으로 나섭니다. 함박눈의 군무가 장관입니다. 천지간에 떼 지어 너울너울 낙화무落花舞를 춥니다. 나는 마당의 수도자들 곁을 종종걸음으로 지나갑니다. 대문을 나서기 전 잠시 걸음을 멈추고 차도로 이어진 반듯한 길을 이윽히 바라봅니다. 누구도 지나간 흔적이 없는 순백의 길. 나는 하늘을 우러르며 두 손을 모읍니다.

종걸음으로 지나갑니다. 대문을 나서기 전 잠시 걸음을 멈추고 차도로 이어진 반듯한 길을 이윽히 바라봅니다. 누구도 지나간 흔적이 없는 순백의 길. 나는 하늘을 우러르며 두 손을 모읍니다.

'저의 데이트를 위해 이렇게 근사한 화이트카펫을 깔아 주시다니!'

나는 서두르지 않고 한 발 한 발 내딛어 카펫에 첫발자국을 새깁니다. 사락사락, 발밑에서 자지러지는 눈의 탄성에 귀가 간지럽습니다. 마음이 달아오른 나는 입안에서 맴도는 절창 한 구절을 가만히 읊조립니다.

오오, 눈부신 고립

사방이 온통 흰 것뿐인 동화의 나라에

발이 아니라 운명이 묶였으면…….

문정희 시인의 「한계령을 위한 연가」를 두 번째 되뇌고 있을 때 갑자기 뒤에서 고함소리가 났습니다. 놀란 나는 반사적으로 고개를 돌립니다.

글을 낳는 집에는 모두 네 마리의 개가 있습니다. 이 녀석들이 틈만 나면 집을 벗어나 야릇한 행보를 보이기 때문에 글집의 주인인 시인과 사모님은 하루에도 몇 번씩 저렇게 목젖을 펄럭여 애먼 앞산을 밀었다 당겼다 하는 것입니다.

개 얘기가 나왔으니 하는 말입니다만, 이들 중에 '복들이'라는 녀석이 있습니다. 풍모로만 짐작하면 진도 해변 어딘가에 대를 이어 태를 묻었을 것 같은 녀석입니다. 글집의 경계를 책임지고 있는 녀석은 보잘것없는 체구임에도 불구하고 강력한 폭력을 장착한 카리스마로 무소불위의 권력을 누리는 중입니다. 녀석은 내치內治는 물론 외치外治에도 능해서, 자주 이웃마을로 원정을 나가 거기 암컷들에게 수청을 들게 합니다. 그런데 그때마다 부리는 녀석의 잔꾀가 가관입니다. 어둠이 내리기 시작하면 아직 이름값을 못하고 빌빌거리는 수컷 '영웅이'를 불러다 제 집에다 밀어 넣고는 저는 실팍한 궁둥이를 흔들며 유유히 어둠 속으로 사라지는 것입니다. 예전 우리 누이들이 아버지의 기침 소리를 피해서 은밀한 밤길을 나설 때 이불 속에 가발을 씌운 베개를 집어넣고 사라졌던 것처럼 말입니다.

시인의 고함소리가 거푸 들려옵니다. 혹시 복들이가 나를 배웅하는 모양새로 잔꾀를 부리는 것은 아닌가 싶어 다시 뒤를 봅니다. 그러나 화이트카펫에는 오직 나를 따라나선 한 쌍의 발자국뿐입니다. 다시 걸음을 재촉합니다. 왠지 오늘 시인의 고함소리는 여느 때와는 좀 다르다는 느낌이 듭니다. 뭐랄까, 그 단호한 외침이 꼭 개에게만 국한된 게 아닌 것 같아 낯이 뜨거워집니다.

어제, 여느 날과 다름없이 이른 저녁을 먹고 거실을 서성거리며 커피를 홀짝거리고 있었습니다. 뒷산 나무 그늘에서 지네걸음으로 내려온 어둠의 입자들이 따뜻한 거실로 스멀스멀 기어들었다가 스위치 딸깍이는 소리에 놀라 혼비백산한 직후였지요. 마당에서는 성긴 눈발이 날리기 시작했는데, 처음에는 진눈깨비였습니다. 닿는 순간 몸을 더럽혔다고 눈물부터 글썽이는 진눈깨비. 그러나 얼마 지나지 않아 상황이 변했습니다. 마치 목화 꽃송이 같은 함박눈이 배추흰나비 떼처럼 날았습니다. 먼저 내린 송이가 나중 내려온 송이를 받아 안아 서로 몸을 포갰습니다. 사위가 금방 하얗게 빛났습니다. 우와, 대박! 나는 통유리에 이마를 기댄 채 눈송이가 마치 배스킨라빈스 아이스크림이라도 되는 양 입을 하, 벌렸습니다. 상상하며 몇 번 입맛을 다셨던가, 그때 갑자기 탁자 위에 둔 휴대폰이 진저리를 쳤습니다. 무심코 집어서 액정을 들여다보던 나는 마치 마법에라도 걸린 것처럼 얼어붙었습니다.

직감으로 알았습니다. 이 문자는 먼 기억의 행성에서 날아온 아주 특별한 안부라는 것을. 나는 신입 활자공처럼 서툴게 글자를 하나씩 분리했다가 잇기를 반복했습니다.

– 한번 봐야 할 텐데요…….

세상의 어느 특별한 지점에서 구름 동네로 솟았다가, 산골 글집으로 간다는 함박눈을 만나 함께 너울너울 낙하했을 문자. 첫사랑이 보낸 문자라니! 머릿속이 창밖의 풍경처럼 하얗게 흔들렸습니다. 함박눈 송이송이 낙하할 때마다 만감이 교차했습니다. 그대가 보낸 손짓에 어떻게 답해야 할지 몰라 허둥거렸습니다. 초조해진 나는 선뜻 답신을 찍지 못하고 애먼 문자만 노려보았습니다. 또렷하던 글자들이 하나둘 꿈틀거리다가 무너져서 이내 기호 체계 이전의 형태로 풀어졌습니다. 그것들은 기차놀이처럼 서로의 꽁무니를 쫓아 휘돌더니 곧 화면 밖으로 사라졌습니다.

쇠뿔도 당긴 김에 빼라고 했던가요? 나는 약속을 다음 날 저녁 시간으로 정했습니다. 길게 끌면 지금 진행 중인 소설 작업에도 지장을 줄 터이고, 행여 그대의 마음에도 어떤 변화가 올지 몰라 좀 무리를 했습니다. 답문을 찍는데 검지가 미세하게 떨렸습니다. 그 떨림의 기운은 신경과 신경, 근육과 근육을 타고 전신으로 부챗살처럼 퍼져 나갔습니다.

용대리 정류장으로 걸어오는 동안 눈발의 기세는 약간 누그러졌습니다. 가끔 마을 골짜기 저수지 쪽에서 내려온 바람이 도로를 무질러 정류장 주변을 힐끗거리다가 곧장 뒷산으로 내달립니다. 나는 정류장 처마 아래로 들어가 헌팅캡을 벗어서 텁니다. 캡으로 죽지에 쌓인 눈도 털어 내며 버스가 달려올 갈전 쪽을 바라봅니다. 이곳 용대리에서 밖으로 나가는 대중교통편은 하루 다섯 차례 운행하는 군내 버스뿐입니다. 지금 나는 그 네 번째 버스인 4시 버스를 타야 약속 시간에 맞춰 그대에게 갈 수가 있습니다. 나는 자꾸 왼팔을 앞으로 뻗었다 기역 자로 접기를 반복하며 시계를 봅니다.

　자주 시계를 본 보람이 있습니다. 버스의 이마가 보이네요. 산모퉁이 옆구리에서 불거진 버스가 차도에 깔린 화이트카펫의 정중앙을 타고 느릿느릿 다가옵니다. 언뜻 보면 흰 꽃으로 치장한 영구차 같습니다. 문이 열리고, 나는 기사님을 향해 고개를 숙입니다. 마음 같아서는 바닥에 넙죽 엎드린 큰절로 장인 대접을 해드리고 싶습니다. 요금통에다 천 원짜리 석 장을 넣고 오백 원을 거슬러 받은 나는 곧장 운전석 옆 앞자리에 엉덩이를 걸칩니다. 그러고는 묻습니다. 지금 광주로 나갔다가 오늘 밤 다시 이곳 용대리로 돌아오려면 어떤 방법이 있는지를. 볼이 발그레한 기사님은 눈을 몇 번 껌뻑거리고는 진짜 장인처럼 친절하게 답을 합니다. 광주에서 10시 막차를 타고 창평까지 온 다음 나머지 거리는 택시를 이용하라고. 그런데 곧 단서를 붙입니다. 아무래도 오늘은 곧 모든 차편이 끊어질 것 같으니 광주에서 아예 출발하지 않는 것이 좋겠다고 말입니다. 나는 머리를 끄덕입니다. 문득 오늘 들어오지 말라던 김 작가의 얼굴이 떠오릅니다. 다시 눈발이 거세지기 시작합니다. 버스는 굽이굽이 이어지는 위태로운 눈길을 잘도 달립니다. 버스에게도 윤회의 생이 있다면 이 버스는 아마 이전 생에서 알래스카 말라뮤트나 시베리안 허스키를 부리는 북극의 썰매였을 것 같습니다. 대덕을 지나도 손님은 나 혼자입니다. 창평에 이르러 잠시 숨을 고른 버스는 그제야 두 명의 손님을 더

싣고 다시 광주를 향해 달리기 시작합니다.

　마침내 버스가 나를 위해 멈춥니다. 그대와 약속한 서방시장 정류장. 버스의 배에서 튕겨진 나는 망설임 없이 성큼성큼 걷습니다. 저만치 앞에서 비상등을 켜고 버티는 승용차를 향해 다가갑니다. 점멸하는 노란색 불빛의 간격에 맞춰 내 가슴속에서도 방망이질이 시작되었습니다. 나는 헌팅캡을 고쳐 쓰고 한 차례 심호흡을 합니다. 조수석 문의 손잡이를 잡자 방망이의 리듬이 휘몰이 가락을 탑니다.

　문이 열립니다. 그토록 오랜 시간 그대와 나를 가로 막고 있던 마지막 장벽이 제거되는 순간입니다. 실내를 점검하듯 허리를 굽히고 턱을 듭니다. 동공을 박찬 내 눈빛이 빛의 속도로 날아갑니다. 저편에서도 같은 속도로 아련한 눈빛이 날아옵니다. 두 눈빛이 정면으로 부딪치는 순간, 나는 눈을 감습니다. 아, 내가 꿈꾸던 소녀가 시공을 넘어 눈앞에 나타나다니! 눈을 떠 그대의 얼굴을 이윽히 바라봅니다. 틀림없는 그대여서 내 얼굴이 홍당무가 됩니다. 손을 내밀어 악수를 청합니다. 32년 만에 다시 잡아 보는 손.

　그대가 운전하는 차는 반쯤 정신을 덜어 낸 나를 싣고 산수동 오거리를 지나 무등산 쪽으로 달립니다. 기억나는지. 언젠가 그대와 내가 이 길을 따라 무등산으로 데이트를 갔던 거. 그때가 가을이었고 붉게 물든 단풍이 내 마음의 색과 흡사해서 타죽을 것 같

있는데…….

성긴 눈발이 날아오면 윈도 브러시가 기다렸다는 듯 찰싹 때려 유리 가장자리로 밀어냅니다. 시야가 시원합니다. 이 길로 곧장 가면 신양파크호텔인데……. 그런 생각이 스치자 이번에는 내 마음속 윈도 브러시가 정신 차리라며 마음의 뺨을 찰싹찰싹 갈깁니다. 그대와 나는 대화를 시작합니다. 그러나 말은 자꾸 엉키기 일쑤입니다. 동시에 마주보며 서로 질문했다가 멋쩍어서 웃고 다시 또 그럴까 봐 눈치를 보며 침묵합니다.

사실 그대 소식은 아주 오래 전 그대의 친구를 통해서 들은 바가 있습니다. 수면 위에 주둥이를 내놓고 뻐끔거리는 금붕어와 비슷한 꼴로 문단의 말석에서 동동거리고 있는 내 처지를 의식한 듯 그대의 친구는 한참이나 뜸을 들이다가 말문을 열었지요. 그대는 대학을 졸업하고 방송국에 들어가 아나운서로 일했다는 것, 그러다 촉망받는 의사를 만났다는 것. 소식을 듣고 기분이 참 묘했습니다. 따스한 안도감과 스산한 상실감이 절반씩 결합된 두 개 이상의 감정선, 그것이 마음 안에서 단단한 밧줄로 꼬여 따리를 틀었습니다.

무등산으로 오르던 차가 신양 파크호텔로 가는 방향을 무시하고 오른편 길로 불거집니다. 나는 왼편 길을 아쉬운 시선으로 바라봅니다. 불거진 길은 지산유원지와 연결되어 있습니다. 차는 속도를 줄여 오솔길로 들어섰다가 창이 넓은 한정식 집 앞에서 멈춥니다.

　이른 저녁이어서 식당 안은 한산합니다. 그대와 나는 커다란 식탁으로 확실하게 선을 긋고 마주 앉습니다. 그래도 좋습니다. 아, 그 싱그러운 열아홉 살 12월에 만나서 사계절을 보내고 자석의 같은 극처럼 서로를 떠나보낸 그대와 나.

　나는 그대의 얼굴을 가만히 바라보며 폭포에서 구부러진 물결처럼 흘러간 지난 서른두 해를 생각합니다. 그대는 그간의 세파를 오롯이 비껴낸 듯 여전히 곱고 아름답습니다. 내 얼굴이 그대로 얼비치는 맑은 눈, 날이 분명한 오뚝한 코, 종알종알 수다 중에 당겼다 풀어지는 도톰한 입술, 입술 사이로 드러나는 가지런한 이, 웃을 때면 탱탱하게 모이는 볼 살, 그 위로 가볍게 내린 시간의 더께…….

　나는 자연스러운 그대의 아름다움이 고맙고 또 한편으로는 거슬리기도 해서 냉큼 소주를 시킵니다. 그대가 따라 준 술잔을 받아놓고, 그대 잔에는 물을 따라서 격을 맞춥니다.

　시간은 기억을 씻어 내는 세제인가 봅니다. 이야기를 하다 보니, 아쉽게도 그대와 내가 마땅히 공유하고 있어야 할 기억들 중 일부가 흔적 없이 씻겨 나갔군요.

　그대와 나는 정갈한 음식을 나누며 추억을 열람하고 그간의 시간들을 반추하며 서로를 바라봅니다. 그대와 나는 그렇게 5시간 동안이나 밥을 먹습니다. 그러는 사이 창밖의 풍경은 짙은 어둠 속으로 사라지고, 다소 소란했던 실내도 조용해졌습니다. 가끔씩 이편 테이블을 바라보는 직원들의 심란한 표정이 마음에 걸려 나는 마지막 잔을 채웁니다. 잔을 들고 조심스럽게 말합니다. 잘 살고 있어서 고맙다고.

밖으로 나서니 눈앞이 캄캄합니다. 짙은 어둠 사이로 희끗희끗 눈발이 날립니다. 라이트 불빛을 받은 오솔길이 하얗게 빛을 냅니다. 차는 왔던 길을 되짚어 달립니다. 시계를 보니 이미 10시가 넘었습니다. 그대는 커피숍을 찾아 두리번거리지만 불을 켠 커피숍은 보이지 않습니다. 서방시장 정류장이 저만치 보입니다. 나는 창밖에 시선을 걸어 두고 잠시 엉뚱한 생각을 합니다. 하고많은 이름 중에 하필이면 '서방시장'일까 하는. 그때 핸드백 안에서 그대의 휴대폰이 웁니다. 액정을 확인한 그대가 내 얼굴을 쳐다보며 전화기를 귀에 댑니다. 아, 유능한 늑대의 이 몹쓸 직감! 경쟁자의 전화구나 하는 느낌이 딱 왔습니다. 그대의 전화기에서 정말 남자의 다감한 목소리가 새납니다.

"남편이 들어올 때 떡볶이 좀 사오래요."

전화를 끊은 그대가 입술 사이로 가지런한 이를 드러내며 나를 바라봅니다. 나도 따라 웃으며 아무렇지 않은 듯 대꾸합니다.

"아니, 다 큰 의사가 이 야심한 시각에 뭔 떡볶이를 찾누."

그대의 볼살이 이스트를 머금은 듯 살짝 부풀어 오릅니다.

날도 궂고 늦은 시간이어서인지 말바우시장을 지나도록 문을

연 커피숍은 보이지 않습니다. 무등도서관을 지나서야 왼편에 커피숍 불빛이 보입니다. 다시 눈이 펑펑 쏟아집니다. 그대는 근처 주차장에 차를 세우고 트렁크에서 우산을 꺼내 내게 건넵니다. 나는 우산을 펴서 그대를 우산 안에 가두고 커피숍을 향해 나란히 걷습니다. 우산을 벗어난 내 오른 어깨 위로 배추흰나비 떼가 몰려듭니다. 문득 아련한 기억이 흑백의 파노라마 영상으로 떠오릅니다. 영상의 중심에는 항상 내 왼편 어깨에 기대서 종달새 모양으로 종알종알 떠드는 그대가 있습니다.

취기가 올라 커피숍에서 무슨 말을 했는지는 잘 생각나지 않습니다. 딱 하나 확실하게 떠오르는 것은, 그대가 아들만 둘이라는 사실에 내가 일순 크게 고무되었다는 기억. 떡볶이를 사오라고 앙탈(?)을 부리는 잘생긴 의사 남편도 질투 나고, 멋지게 자란 두 아들이 모두 명문대를 다니는 것도 부럽고, 그대가 타는 벤츠 자동차도 약간 부러웠지만, 그러나 그대에게는 딸이 없다는 사실이 나를 얼마나 도도하게 위로하던지.

그대와 내가 다시 이별해야 할 순간이 왔습니다. 커피숍의 예쁘장한 아가씨가 주춤주춤 다가와 양해를 구합니다. 죄송한데 영업을 끝낼 시간이라고. 아가씨의 말은 마치 허락된 면회 시간이 끝났다는 교도관의 단언처럼 들려서 서글퍼졌습니다.

그대에게 안녕을 고하는데 함박눈이 사선을 긋습니다. 그대와 작별의 악수를 나누며 나는 생각합니다. 아, 이제 또 헤어지면 30

년 후에나 다시 만나게 될까, 그리하여 그때 서로 마주 앉아 틀니 자랑이라도 할 수 있을까.

그대의 차가 떡볶이 집을 찾아 떠나고 나는 세 개의 모텔이 나란히 선 골목으로 휘적휘적 들어섭니다. 그대가 손에 쥐어 준 검정 우산과 함께. 함박눈이 임무를 마친 종소리처럼 힘없이 떨어집니다. 모텔 두 곳은 남은 객실이 없습니다. 세 번째 모텔로 들어가니 방이 딱 하나 남았다고 값을 높입니다. 금요일 밤, 집 없는 어른들이 왜 이렇게 많은 것인지. 내 마음처럼 삐걱거리는 엘리베이터를 타고 객실로 향합니다. 뭔가 막 섭섭하기도 하고 뭔가 막 후련하기도 하는 마음의 변덕을 다독이면서. 객실로 들어서자마자 모텔 특유의 냄새가 코를 찌릅니다. 옆방에서 들려오는 수상한 소음이 귀를 파고듭니다. 나는 옷을 입은 채 침대에 눕습니다. 소음이 거슬립니다. 여자 혼자서는 내기 어려운 이퀄라이저 소음이 여기저기서 경쟁적으로 터집니다. 나는 휴대폰을 엽니다. 혹시 그대가 떡볶이 집에서 포장을 기다리며 내게 문자를 보낸 것은 아닐까 하는 기대를 가지고. 도도한 내가 평소에는 좀처럼 하지 않는 행동입니다. 하지만 그대의 창은 까맣게 꺼져 있습니다. 내 마음도 덩달아 까매집니다. 대신 다른 문자 하나를 발견합니다.

'이곳에 눈이 많이 내리네요. 첫사랑에 너무 취한 건 아니죠?'

글집에서 김 작가가 보낸 안부입니다. 나는 간단하게 답장을 씁니다.

'보내고 모텔에 들어왔어요. 쓸쓸.'

김 작가는 이제 알아차렸을 테지요. 샤워도 타이밍이 있는 거라는 내 말 뜻을.

나는 밤이 깊도록 잠을 이루지 못하고 몸을 뒤척입니다. 이렇게 몇 번을 뒤척여야 또 30년이 흐를까 하는 생각이 굽이칠 때마다 마음 구석 자리로 찬바람이 들이칩니다. 시린 마음을 다독이다가 새벽녘에야 설핏 잠이 들었습니다.

잠에서 깨 보니 점심때가 다 되었습니다. 창을 열고 날씨를 확인합니다. 아직도 하늘은 낮고 우울한 가운데 성긴 눈발이 날립니다. 서둘러 토끼 세수를 하고 객실을 나섭니다.

나는 그대가 준 까만 우산을 쓰고 말바우 정류장 근처를 서성거리며 멀리 서방시장 쪽을 바라보곤 합니다. 지금이라도 서방시장으로 걸어가면 거기 정류장 저편에 비상등을 켠 벤츠 승용차가 나를 기다리고 있을 것만 같습니다. 문득 시야에 로또 복권을 파는 가게가 들어옵니다. 공교롭게도 떡볶이를 파는 분식집과 로또 가게가 어깨동무를 하고 있군요. 나는 주머니에 손을 넣어 지갑을 만지작거립니다. 혹시 로또가 내게 목돈을 준다면 뭐부터 할까 생각합니다. 우선 립스틱을 사듯 벤츠 자동차를 사서 아내에게 선물해야겠습니다. 그러면 아내는 놀라 허둥거리며 장롱 서랍을 열겠지요. 거기에 30년 묵은 운전면허증이 있으니까요. 아내가 기뻐하니 나도 기쁘겠지요. 이번에는 화장을 곱게 한 아내가 벤츠에 올라 자기의 첫사랑을 만나러 가는 모습을 그려 봅니다. 그날도 오늘처럼 함박눈이 펑펑 내렸으면 좋겠습니다. 그날 밤 나도 혹시 떡볶이가 먹고 싶을지 모르겠습니다. 그러나 나는 아내에게 전화하지 않겠습니다. 아내의 첫사랑이 그깟 뻘건 떡볶이에 밀려서는 안 되니까요.

함박눈이 시야를 가릴 만큼 펑펑 쏟아집니다. 하늘은 더 낮아지고 더 어두워졌습니다. 나는 그제야 지금 내게 필요한 건 로또나 반짝이는 벤츠가 아니라 글을 낳는 집에 나를 내려 줄 용대리행 군내 버스라는 걸 깨닫습니다.

눈은 계속해서 내리고 나는 우산을 쓴 눈사람이 되었다가 후다닥 깨나 문이 열리는 버스를 향해 달려갑니다.

오을식 | 소설가

젊어서 오빠 부대를 몰고 다닌 혐의가 짙은 외모만큼이나 멋쟁이 신사다. 앉은 자리도 그렇지만 떠나고 난 자리도 항상 말끔하다. 알게 모르게 주변을 챙기는 마음 씀씀이도 여간 향기롭지 않다. 반백이 넘었는데도 첫사랑을 찾아 설레는 천진한 핑크빛 소년이 가슴 한 구석 아련히 진을 치고 있다. 창작을 위한 방랑인지 방랑을 위한 창작인지, 제주도도 부족해 그 뒤가 없는 발길은 오늘도 뭍과 섬을 번갈아 떠돈다.

1993년 「자유문학」으로 등단했으며, 한국소설문학상, 자유문학상, 현진건문학상을 수상했다. 저서로는 소설집 「비련사 가는 길」 외 다수가 있다.

게으르고 나른한 아침

따르르륵…….

오늘도 어김없이 그 소리가 들려온다. 집을 떠나온 지 한 달하고도 닷새가 지났다. 처음 얼마 동안은 내 방 창문 바로 밑에서 들려오는 소리의 정체가 무엇인지 알지 못했었다. 매일 아침 일곱 시 반쯤 되면 들려오는 소리, 개밥 그릇에 개 사료 떨어지는 소리…….

초겨울 산골은 해가 느지막이 뜨고 일찍 진다. 아침 일곱 시 반이래도 해가 뒷산에 가려져 도무지 뜰 것 같지 않다. 어둠을 겨우 벗은 새벽 한기가 창문 틈으로 왕왕 스며들었다. 촘촘한 커튼 올 사이로 냉기가 느껴졌다. 나는 이불을 어깨까지 끌어당기며 모로 돌아누웠다. 침대 옆에는 어딘가로 통하는 갈색 나무 문이 있었다. 손을 뻗어 손잡이를 돌려 본다. 꿈쩍 않는다. 다시 이불을 덮으며 잠시 이대로 있기로 한다. 잠시 이대로 멈춰 있어도 괜찮겠지…….

서울이라면 이 시간쯤 나는 식탁에 아침밥을 차려 놓고 나서 아이들 방을 왔다 갔다 하며 미친 듯이 깨우고 있을 때다. 참다못한 나는 이불을 홱 걷어챌 것이고 아이들은 여전히 침대에서 애벌레처럼 잔뜩 웅크리고 늦장을 부릴 테지. 급기야는 "니들 이제부턴 안 깨운다! 니들이 알아서 가!"하고 엄포를 놓을 것이고, 그러면 그제야 못이기는 척 아이들이 꾸물꾸물 일어날 것이다. 아이들이 씻고 나오기를 기다렸다가 국을 퍼 주고, 밥 먹는 내내 반찬 골고루 먹어라, 추우니 따듯하게 입고 가라, 뭐라 뭐라 잔소리를 잔뜩 늘어놓을 것이다.

밥이 입으로 들어가는지, 코로 들어가는지 모를 이 바쁜 시간에 이렇게 한가해도 되나? 고요하다, 사방이 고요하다. 나 혼자다.

나무 문 틈으로 향기로운 냄새가 폴폴 날아든다. 어릴 적, 엄마가 담가 놓은 밀주 익어 가는 냄새 같기도 하고, 과일 식초가 발효되는 냄새 같기도 하다. 나는 향기로운 냄새가 나는 쪽으로 코를 더 가까이 들이밀고 누워 잠시 이대로 있기로 한다. 잠시 이대로 멈춰 게으르고 나른한 아침을 지내기로 한다.

길을 걷는다.
'무엇을 찾아 여기까지 떠나왔는가?'

멀리 저수지까지 뻗어 있는 길을 꿈결인 듯 걸어간다. 사람 하나, 짐승 하나 만나지지 않는 외진 길.

서울에서 지내는 내내 신경이 곤두서 있었다. 신경이 끊어질 것처럼 팽팽하게 당겨져 있었다. 몇 달을 그렇게 지내다 보니 몸이 몹시 지쳐 있었다. 쉬고 싶었지만, 간절히 쉬고 싶었지만 신경 줄이 느슨해지지 않아 쉴 수가 없었다. 무슨 병에 걸린 사람처럼 몸이 말을 듣지 않았다. 놓고 싶은데 놓아지지 않았다. 멈추고 싶은데 멈춰지지 않았다. 그래서 나는 겨울이 시작됨과 동시에 남쪽 지방 외딴집, 시인 부부가 운영하는 집필실에 내려와 지내게 되었다.

'집착이 나를 멈추지 못하게 했을까?'

33

'이쯤에선 삶 자체를 즐겨도 좋으련만.'

이런 생각을 하는 사이 길옆 개울물에서 무언가 사샤샥 움직였다. 송사리 떼다! 내 발자국 소리에 놀라 잽싸게 달아난다. 나는 개울 옆에 멈춰 서서 발을 꽝꽝 굴러 본다. 송사리 떼가 다시 허둥지둥 도망간다.

송사리라니! 이 추운 겨울, 차디찬 물속에 살아 움직이는 게 있다니! 잠시 뒤, 몇 번을 이리저리 달아나던 송사리들이 미동도 않는다. 제 몸빛을 닮은 돌멩이 위에서 꼼짝 않는다. 돌멩이인 것처럼 위장 중인 모양이다.

다시 가던 길을 걸어간다. 사람 하나 만나지지 않는 산모롱이 길……. 골짜기에서 불어오는 바람이 맵차다. 논바닥에 있는 비닐하우스 뜯겨진 비닐 펄럭이는 소리가 요란하다.

이곳에 내려와 지내는 처음 얼마 동안은 조바심 때문에 속이 탔다. 식구들과 떨어져 혼자만 편케 지내면 안 되는데, 이 귀한 시간을 허투루 지내면 안 되는데, 밥이나 축내는 인간이 되어선 안 되는데…….

말을 찾아 매일 저수지까지 걸어갔다 왔다. 말을 찾아 매일 밤 화목 보일러 아궁이 앞에 쭈그려 앉아 있었다. 그럴수록 마음은 더욱 착잡해졌다. 찾으려 하면 할수록 찾으려는 것은 까마득히 멀어져 아예 보이지 않았다.

그렇게 여러 날을 지낸 어느 순간, 더는 무엇을 얻기 위해 저수

지를 가거나, 무엇을 얻기 위해 참나무 잉걸불을 들여다보지 않게
되었다. 저수지 가는 길이 좋았고 잉걸불이 좋았다. 그냥 그 자체
가 좋았다.

그러자 애써서 뭔가를 찾으려 할 때는 보이지 않던 것들이 보이
기 시작했다. 흰 눈, 장독, 배추밭, 논바닥, 사일리지, 까치, 저수
지, 산 그림자, 땅거미, 장작불, 불똥, 겨울 밤하늘, 별들…….

온갖 소리들이 들리기 시작했다. 개 짖는 소리, 개 사료 떨어지
는 소리, 지붕을 두드리는 빗소리, 바람 소리, 비닐 펄럭이는 소
리, 눈 밟는 소리, 눈 녹아 개울물 불어난 소리, 고드름 떨어지
는 소리, 참나무 장작 타는 소리, 식탁에 둘러앉아 두런거리는 소
리…….

냄새가 났다. 모과 향, 효소 익는 냄새, 청국장 냄새, 비지찌개
냄새, 강아지 냄새, 장작불 냄새, 겨울 냄새…….

온갖 느낌이 생겨났다가 사라졌다. 무수한 생각들이 밀려왔다
가 멀어져 갔다. 어떤 것은 불쾌했고, 어떤 것은 유쾌했으며, 또
어떤 것은 불쾌하지도 유쾌하지도 않았다.

순간, 과거도 미래도 아닌 바로 지금 내가 생생하게 살아 있음
이 느껴졌다. 막혔던 것들이 조금씩 조금씩 풀어지고 있었다.

눈이 열린다. 귀가 열린다. 살갗이 열린다. 느낌이 열린다. 생각
이 들이쳤다 내치기를 여러 번 반복했다. 나는 눈에 보이는 것을

보고, 들려오는 소리를 귀로 듣고, 코로 냄새를 맡고, 피부에 닿는 느낌을 느끼고, 수시로 일어나는 감정들을 알아채고, 생각들이 드나드는 것을 지켜보았다. 나를 구성하는 감각들이 바쁘게 제 역할을 수행하고 있었다.

서울에서 지낼 때는 그러지 못했던 것 같다. 아침에 눈을 떠서 한밤중 잠자리에 들 때까지 바빴다. 바쁜 일상을 헐떡이며 쫓다 보니 눈에 보여도 보지 못하고, 소리가 들려도 듣지 못하고, 냄새가 나도 맡지 못했던 것 같다. 감정에 휘둘렸던 것 같다. 생각에 사로잡혔던 것 같다. 그러니 몸도 마음도 꽉 막혀 편치 않았다. 편치 않은 몸과 마음은 어떤 식으로든 내비쳐졌을 것이고, 때로는 식구들을 불편하게도 했을 것이다.

잠시 멈춰 서서 자연 속에 나를 풀어놓고 자연의 쉼 없는 수행을 지켜본다. 매일 아침 일곱 시 반쯤이면 어김없이 시인이 개밥 그릇에 개 사료 붓는 소리를 들으며, 매일 아침 시인의 아내가 정성들여 마련해 건네주는 하루치 반찬을 받아들며……. 저절로 숙연해진다.

시간이 지날수록 마음이 편안해진다. 서울에서는 결코 맛보지 못했던 여유가 생겼다. 졸리면 일단 해야 할 일들을 물리고 아무 때나 쓰러져 잘 수 있는 배짱이 생겼다. 그래도 세상이 두 쪽 나지 않더라. 꼭 무엇을 찾지 않아도, 말을 얻지 못해도 괜찮으리라. 무엇을 찾거나 얻을 수 있다는 생각조차도 어쩌면 마음이 만들어 낸

허상일지도 모를 테니…….

나는 나에게 문득 묻는다.

"알고 있느냐?"

그러자 마음속에서 즉각 대답이 돌아 나왔다.

"알고 있다!"

애써서 찾으려 하지 않을 때 저절로 찾아오는 것들이 있음을 나는 안다. 이 충만한 평화가 내 안에서 뿜어져 나와 맥박을 고동치게 하고 있다. 이 담대한 대자연의 생명력이 지친 내게 다시 살아갈 힘을 내어 주고 있다.

머지않아 나는 이곳 생활을 마치고 집으로 돌아갈 것이다. 돌아가 지친 이들에게 이 충만한 평화와 생기를 전해 주고 싶다.

나는 살아 있다. 그리고 자유롭다.

이잠 | 시인

밀린 잠 푹 자고 나서 본격적인 시작詩作에 나서려는 소회일까. 본명은 이성자인데 필명이 '잠'이다. 다소곳 듣는 풍경이 해맑은 미소와 어울려 평화롭지만 할 말은 가려 가며 편안하게 하는지라 항상 뒤가 개운하다. 집필 중에는 미량의 술(자리)조차 과감히 외면해 버리는 철저한 프로 시인이면서 동화도 쓰는 그는, 동화를 쓰는 남편과 더불어 시심과 동심을 꽃피우는 천진무구의 복식조다.
1995년 『작가세계』(시)로 등단했으며, MBC창작동화 대상을 수상했다. 시집 『해변의 개』가 있다.

그곳의 단상들

산기슭 외딴 집, 독사가 이 집 부엌까지 방문한 적이 있었단다. 음식 솜씨 좋은 이 집 안주인의 맛깔스런 반찬을 맛보러 온 것인 지는 모르겠으나 얼마나 끔찍했을 것인가.

작가들의 방으로 쓰는 행랑채와 주인 부부가 사는 안채가 자리 해 있다. 버스가 하루 다섯 번 지난다는 오지. 이 버스가 다니는 신작로가 앞산 뒷산을 구분해 준다. 이 도로를 따라 줄곧 달리면 화순 북면이 나오고 더 가면, 빨치산이 살았다는 백아산으로 빠진 다. 나는 내가 사는 근처에 이렇게 깊고 아늑한 곳이 있는 줄 몰랐 다. 이 집에 늦깎이 시인과 그의 아내가 자연과 벗하며 글쟁이들 의 치다꺼리를 하며 산다. 이 집 대문가의 자귀나무 꽃이 향내를 흩날리던 날, 나는 이 집에 입주해서 한여름을 지냈다. 부나비가 내 방 창문을 때리는 불면의 밤도 있었으나 나는 이곳이 좋아졌

다. 초록의 싱그러움이 좋고, 산이 좋고, 무엇보다 싱싱한 공기가
좋았다. 환경이 조금 바뀌었다고 시가 어찌 거미 꽁무니에서 실
나오듯 하겠는가. 이 집에서 나는 세속의 잡념을 조금이나마 잊고
도심의 답답함에서 벗어나 훼손된 내 감성의 꼬리나 만져 보리라
마음먹었다.

　항시 무엇에 쫓긴 듯 정신없이 살다가 드디어 몇 달만이라도 쉴
곳을 찾게 되었다. 몸도 마음도 지쳐 있었다. 직장 생활을 할 때
는 언제나 긴장의 연속이었다. 지겨운 하루하루는 마치 벨트에 장
착한 바퀴였다. 시골 정미소. 전원을 넣자 수십 개의 바퀴가 일제
히 단말마 같은 굉음을 내며 빠르게 돌았다. 나는 40년 가깝게 온
몸에 먼지를 둘러쓴 채 돌고 도는 한 개의 바퀴로 살았다. 새벽은
늘 불안했다. 가슴도 콩닥거렸다. 짧은 휴일이 오면 내일은 또 지
겹게 살아야 한다는 강박 관념에 더 불안했다. 탈출이나 도피를
생각할 즈음 병마가 먼저 찾아왔다. 심장병과 뇌경색이었다. 다
행히 의술이 좋아 고비를 넘겼으나 이제는 몸이 휴식을 원한다는
엄중한 신호였다. 벨트를 벗어난 나는 자유로워지기 위해 이 산중
에 왔다.

　산중에 온 첫 밤에 나는 산의 숨소리를 들었다. 사방에서 도마
뱀 떼처럼 밀려드는 농밀한 어둠 속을 헤집고. 산의 코 고는 소리
라 할까, 나는 산의 신비한 소리를 들었다. 풀벌레 우는 소리, 계
곡 물소리, 엉머구리 소리, 두런거리는 다람쥐들의 대화, 제 무게

에 눌린 바위들의 신음, 소나무 편백나무들의 향내 묻은 재채기 소리. 이 모든 소리들이 한데 어울린 장엄한 합창이었다. 적막한 산방에서 집을 떠나 홀로 밤을 새워 본 적이 있는 사람은 알리라. 불현듯 알 수 없는 슬픔이랄까 외로움이, 평소에는 숨어 있는 것들이 일거에 엄습하여 쉽게 잠들지 못한다는 것을. 나는 산의 신비한 연주를 듣는 감상자였다. 나의 귀는 새물 만난 피라미처럼 팔딱거렸다. 이 시는 이 밤에 탄생하였다. 미숙아로.

들판의 소리가 장구 치는 소리라면
산의 소리는 징을 울리는 소리

들의 소리가 슬픈 계면조라면
산의 소리는 웅장한 우조

억겁 쌓인 고요가 곰삭으면 소리가 되는가
산은 소리의 집
귀곡성 같은
온갖 목숨들의 함성 같은
산의 소리에 잠 못 이루네

살모사의 붉은 혀

석간수 핥는 밤

– 졸시, 「소리의 집 – 용대리에서」

대낮에는 매미 소리가 너무 소란하다. 어찌나 악지 세게 우는
지, 매미는 적막한 산골을 지배하는 폭군이다. 전생에 무슨 곡비
의 운명이라도 타고 났는가. 매미가 하는 일은 우는 일밖에 없는
것인가. 공중도덕을 어긴 죄를 물어 고발하고 싶다. 자연의 소리

는 모두가 다 듣기 좋은 것은 아닌가 보다. 귀가 얼얼해질 지경이다. 느티나무 아래 바위에서 엉덩이를 뗀다. 땅속에서 애벌레로 살다가 지상에서 고작 보름을 산다고 들었다. 얼마나 절박한 시간일까? 매미의 생태를 알고부터 저 치열한 울음을 조금쯤 이해하려 애쓰는 중이나 쉽지 않다.

집 뒤의 야산에 들어선다. 우리나라 산은 외국의 산에 비해 오만함이 없어 좋다. 높이 솟아 올올한 산은 친근감이 없다. 천하를 호령할 듯한 산 또한 인간미가 없다. 겸손하여 스스로를 낮출 줄 아는 우리나라 산은 야산이 많다. 그래서 오르기가 쉽다. 종종 인명사고를 내는 히말라야처럼 오르기를 거부하는 산은 두렵다. 어디를 가나 완만한 곡선을 자랑하는 야산은 흔쾌히 우리들의 발길을 허락한다. 낙타가 주인을 태울 때 바짝 엎드려 자신의 등을 내주는 것처럼. 여기에 순하디 순한 한국인의 심성이 자라난다.

취나물 향기를 맡다가 솔숲 길을 서서히 오른다. 청미래 넝쿨손이 바지를 물고 늘어진다. 반갑다고 놀다 가라고 한사코 잡은 손을 놓지 않는다. 작가들의 산책을 위하여 일부러 닦은 흔적은 있으나 조금 오르니 묵정밭처럼 어수선하여 그나마 길을 놓치고 만다. 군데군데 널브러진 낙엽들, 그들이 쌓인 곳은 스펀지 위를 걷는 것처럼 푹신거린다. 마른 낙엽을 갈퀴로 긁어모아 칡넝쿨로 한 짐 동여 부엌에 부려 놓고 땔감으로 쓰던 유년이 있었다. 가슴 아린 기억은 왜 하필 한가할 때만 찾아오는 것일까. 삶이 날마다 새로

아무도 딛지 못한 신생의 발자국을 찍는 거라면 얼마나 좋을까. 다
람쥐 쳇바퀴 돌듯 살았던 지난날들이 새삼 부끄럽게 떠오른다.

아무리 가시뿐인 길이라도 사람이 걸으면 사람의 길이 된다. 두
더지의 길은 땅 밑으로 뻗어 있고, 무자수의 길은 뱀딸기꽃 흐드러
진 도랑가에 있다. 생쥐가 다니는 길은 덤불 속에 숨어 있다. 길은
누가 주체냐에 따라 그 형상을 달리 한다. 미지의 세상으로 가는 통
로로서 길은 이 산중에도 있다고 어디선가 외치는 소리를 듣는다.
지워져 희미한 길에 내 발자국을 더하여 보다 선명한 길을 낸다.

산이 어찌 사람의 길을 알랴

사람이 사람의 길을 잃고 해매일 때 산은

찔레 가시 위에 하얀 금줄을 걸어 놓고

기슭부터 막아서는 것이리

풀여치라면 풀여치의 길

고라니라면 고라니의 길

아하, 사람이라면 사람의 길!

목숨들마다 제 길을 찾을 때

서산에 노을도 잠들고

마침내 산은 가슴을 열어

좁은 길 하나 내어 주는 것이리

– 졸시, 「산길 트기」

　나에게 시란 항상 경외의 대상이다. 그리고 좋은 시를 읽으면 이름난 술을 적당히 마실 때처럼 기분이 좋아진다. 왜 나는 좋은 시를 쓰지 못하는가. 자책이 앞서고 그 시를 쓴 작가가 부러워진다. 나에게 시란 정언약반도 아니고 '숫처녀 비린내'도 아니다. 귀신과 함께 쓴다는, 신운이 깃든 압구는 더구나 아니다. 삶의 연가와 죽음의 만가 사이에 시는 존재한다는 고은 시인의 단정은 멋지고 그럴듯하나 선뜻 수긍할 수 없다. 다만 나이 들수록 시 쓰기가 점점 고통이라는 것을 실감한다. 나에게 시는 일상에서 할 수 있는 놀이와 같이 즐거운 것이었으면 좋겠다.

　소설가들은 독종이다. 엉덩이가 무거운 사람들이다. 옆방의 작가는 삼복의 더위 속에 해종일 골방에 움츠려 앉아 석상처럼 미동도 없다. 저 고도의 집중력은 어디서 오는 것인가. 글을 쓸 때면 독수리 같은 눈빛이 형형하다. 글을 낳다가 엉덩이에 욕창이 생길까 걱정된다. 수도자처럼 고행을 감당할 용기가 없다면 소설가는 되지 말아야겠다.

　이맘때 산의 옷 색깔은 온통 초록 일색이다. 초록은 생명의 상징이라는데 초록을 권태로 본 이상은 확실히 이상한 시인이다. 암담한 시대의 역설이라지만 너무한 표현이다. 멀위랑 다래랑 먹고……. 청산별곡 한 소절 읊조리며 산길에서 나와 망초 한들거리는 들길을 걷는다. 가슴에 초록물이 가득하다. 다랑치논 물꼬에서 꼼지락거리는 우렁이 새끼들과 한나절 놀면서, 아무렇지도 않게 그냥 살리라.

자연이란 단순히 그냥 있는 것일까? 자연에도 희로애락이 있지 않을까? 이 물씬거리는 서정은 다 무엇인가. 현대인은 '스스로 그냥 있음'을 거부한다. 날마다 뭔가를 짓고 부수어야 직성이 풀리는 존재들이다. 노자 식으로 말하면 자연이 아닌 타연의 삶이다. 이러니 어찌 행복할 것인가. 너럭바위에 홀로 앉아 청랑한 물소리, 새소리를 듣는다. 내 생은 얼마쯤 남았는가를 가늠해 본다. 구름에 가린 저녁 산이 어느새 내려와 내 곁에 있다.

김희수 | 시인

강단에 서면 해박한 강사요, 밀짚모자를 쓰면 영락없이 농사꾼이다. 누구에게 싫은 소리 한 번 한 적 있을까. 그러나 그 속은 단단하기 이를 데 없어서, 화려하게 드러나지 않지만 주어진 일은 깔끔하게 완수하는 외유내강의 전형이다. 광주·전남작가회의 회장을 역임했으며, 계간 「문학들」 편집 자문을 하는 한편, 시골집에서 노모의 간병 중 틈틈이 텃밭을 일구는 재미로 소일하고 있다.
1984년 「창작과 비평」으로 작품 활동을 시작했으며, 시집으로 『뱀딸기의 노래』 외 4권이 있다.

출국일. 8개월이라는 긴 시간을 한국에 머물렀다. 전송 나온 처남을 돌려보내고 혼자서 출국 수속을 마쳤다. 출국일이 가까워지면서 여러 가지 일들을 보러 다니느라 피곤했는데 간밤에 대선 개표방송을 보고 잠까지 설쳤더니 감기 기운이 있다. 목이 가라앉는 것이 심상치 않다. 뜨거운 모과차 생각이 간절하다. 보딩장에 들어서니 화려하게 단장한 면세점들이 즐비하다. 사람들은 비행기를 타야 할지, 쇼핑을 해야 할지, 헷갈리지 않나? 공항인지 백화점인지……. 그렇지! 백화점 공항이다. 요즘은 어딜 가든 쇼핑 코스를 지나야 목적지에 도달할 수 있다. 기차역들도 모두 백화점 기차역이지 않은가. TV 채널을 돌릴 때도 5번 SBS, 7번 KBS2, 9번 KBS, 11번 MBC…… 중요 지상파 사이사이에 쇼핑 채널이 박혀 있다. 그러니까 5번을 보다가 7번을 보려고 리모컨의 채널

플러스를 누르면 쇼핑을 잠시라도 볼 수밖에 없다. 요즘처럼 추운 날 따뜻한 옥 장판을 들고 나와 엄청 싸게 팔고 덤도 엄청 얹어주고, 이자 없는 한 달 할부 금액을 전체 물건 값인 양 큼직하게 써 놓으니, 혹해서 나는 7번으로 가는 것은 잊어버리고 6번 쇼핑에 주저앉게 된다. 이런 코스는 자본이 설계한 것으로, 내가 이 코스를 지난다 해도 꼭 옥 장판을 사게 되는 것은 아니지만 나는 내 의지와는 무관하게 쇼핑욕 자극 공격에 자동 노출되어 있다는 것이다. 기분이 씁쓸하다. TV를 끈다든지 해서 공격적으로 방어하지 않으면 옥 장판을 사게 될지도 모른다.

그러나, 오늘 공항에선 담배를 사려고 살펴보니 전에는 없던 독일산 PARLIAMENT가 있어서 반갑게 두 보루를 샀다. 네덜란드 연초를 최고로 치는데 대개의 유럽산 담배는 네덜란드 연초로 만든다는 것이다. 그래서 그런지 한국 담배보다 맛이 좋고, 또 목도 편하다. 점원은 "한 보루 규정인 거 아시죠?" 하며 면피성 멘트를 날린다. 보딩 시각까지 사십 분 정도 시간이 남았다. 급할 것이 없으므로 천천히 걸어서 보딩 게이트 앞 의자에 앉았다. 1999년에 출판한 내 시집을 꺼내서 읽었다. 이번엔 기분이 썩 괜찮다. 세월이 흘렀지만 낡지 않고 꽤 잘 쓴 시들이라는 느낌이 들었다. 지난 번 마르세이유에서 읽을 때는 죽을 맛이었다. 세상에 이런 걸 시라고 써서 출판하다니……. 부끄러운 마음에 얼른 책을 덮고 시치미를 땔 때도, 그때, 내 시들은 시원찮은 것들임이 분명했다. 자괴

48

가 밀려와서 나는 몸을 가누지 못하고, 눈은 질끈 감기고, 몸은 허물어져서 앉아 있던 의자에 거의 누워 있었다. 그런데 지금은 분명 아니다. 시는 그대로 가만히 있는데 시를 읽는 나는 때에 따라 천당엘 갔다가 지옥엘 갔다가 한다. 시집을 다 읽었는데도 시간이 남으니 담배 생각이 났다. 끽연실로 가서 후다닥 담배를 한 대 피우고 나왔다. 그다지 넓지 않은 끽연실은 담배 연기로 가득 차서 숨쉬기도 힘들었다. 담양 세설원 생각이 절로 났다. 밤늦게 글을 쓰다가 밖으로 나와서 떨기 별들이 덩굴져 은하수와 엉겨 끽연자를 축복하는 하늘 아래 피우던 담배!

KE902 편은 출발 예정 시각인 14시 근처에 서서히 동체를 움직인다. 우선 입구에서 받아온 한겨레신문을 훑어본다. 온통 대선 개표 결과에 대한 기사들이다. 오래 전에 본 지루하기 짝이 없는 영화의 속편이랄까? 피곤해선지 눈이 따끔거려서 신문을 접고 눈을 감았다. 지난 8개월간의 기억들이 네댓 장의 이미지로 미간에 모아지고, 스마트 폰의 액정 표면을 손가락으로 밀어서 다음 사진을 보듯 미간에 떠있는 사진을 넘기다가, 거기 '담양군 대덕면 용대리 555' 커트 속으로 들어간다. 그렇다 555커트에는 시 한 편이 주석처럼 달려 있다.

아침 들판을 알 수 없다. 망설이다가 그저 아침들에 서 있었다라고 쓰니 마음이 놓인다. 도시의 뒷길 들을 쏘다녔던 것은 사실은 세월을 낭비했던 것이라고 고해 바친다. 밤을 쉰 산과 들이 내뿜는 순수한 생기가 온몸을 에워싸는 짧은 시간. 찬바람을 문질러 얼굴을 씻고, 잴잴거리며 듣는 논물로 귀를 씻는, 늦은 해가 마악 산 그림자를 벗겨내는 시간. 들은 비어 있다. 사람들은 가을을 걷어 곳간을 채우고, 들엔 무서리가 졌다. 콤바인이 지나가며 떨구고 간 낱 볏짚들 위로 희끗희끗 잘게 반짝이는 여린 얼음들을 바라보다가, 솔이 잠들지 못하면 바람이 분다는 솔밭을 바라보다가, 해를

져서 아직은 자리를 털지 못하는 산들을 새기다가……. 아침밥으로 돌아가기는 싫었다. 언제나처럼 이 시간을 잡념으로 버무리며 아침 들에 서 있었다.

- 졸시, 「correspondances 43」

담양 산중에 가을이 깊었었다. 나는 무서리 진 논배미를 어슬렁 거리는 도시 인간으로 나날이 진행하는 계절의 밀도를 감당할 지 혜가 없어 들판에 고개를 숙이고 도시를 반성하며 하루를 시작했 다. 담양 근처를 돌아다니며 벗어날 수 없는 가을의 은혜를 누렸 고, 도시에서는 도저히 눈에 담을 수 없었던 빛들을 육체에 들이 니 잠자던 영혼도 깨어났다. 콤바인이 지나간 빈 들녘은 감사가 충만하고, 이 텅 빈 충만은 인간이 다다를 수 없는 겸손에서 출발 했다는 것을 깨달았다. 사색의 통을 돌리다가 통을 버리고 편안하 게 가슴을 열었던 담양. 나는 지금 한국을 떠나고 있지만 사실은 '담양군 대덕면 용대리 555'를 떠나고 있는 것이다.

KE902는 무심하게 활주로를 박차고 올랐다.

한국에서 돌아온 지 나흘째. 여긴 하루도 거르지 않고 비가 왔 다. 수은주 10도 아래의 습하고 흐린 날들이 끊임없이 이어진다. 겨울에 내리는 비는 죽을 맛이지만 정신을 맑게 하고, 여러 가지 방법으로 회피해 온 존재의 정면을 응시하게 만든다. 말하자면 겨울비는 위험하다. 그러나 개운하기 그지없다. 소음도 줄어들고 잡념도 물러가는 이 우울하고 침잠한 시간 속에 몸을 누이면 포근한 침상에 든 양으로 아늑하다. 일어나기 싫어진다. 해가 비치고, 해가 비치는 날들이 길어져서 봄빛이 짙어 오면 오히려 불안해진다. 존재의 내부로 뻗친 가는 팔들을 거두어 들여야 하고 침상을 포근하게 감싸던 우울한 기운은 간 데 없이 사라진다. 소음들이 돌아오고 나는 한참 동안을 비틀거리며 생명이 귀환하는 잔치의 나날들에 넋을 놓게 되리라.

하루 종일 비는 계속 내리고 잠깐씩 그친다. 마치 빵을 사러 가라는 배려처럼, 마치 오랫동안 세워 두었던 자동차를 손보라는 언질처럼, 마치 한국에서 돌아와 아직 만나지 못한 이웃들을 만나서 인사라도 나누라는 권유처럼 비는 그친다. 자동차 보닛에 머리를 박고 새 배터리를 장착하느라 힘을 쓰고 있는데 이웃들이 지나며 인사들을 건넨다. 바게뜨를 사오던 장 마크이다. 반가운 마음에 볼트를 조이다 말고 볼을 맞춘다. 그간의 안부를 묻고 이런저런 이야기들을 나누는데 식구들과 차를 타고 나가던 크리스토프가 차를 멈추고 온 가족이 차에서 내린다. 그의 부인과 두 딸과 볼을 맞추고, 내가 한국에서 언제 돌아왔는지, 또 언제 한국에 갈 건지 등등 족히 삼십 분 넘게 서서 수다하는데 다시 비가 내린다. 크리스토프는 친구 집으로 저녁 초대를 받아가는 길이라서 내처 차를 몰고 떠나고, 나는 배터리를 홈에 끼워 놓기만 한 채로 보닛 뚜껑을 닫았다.

장 마크 집으로 가서 얼 그래이를 한 잔 마시고 있는데 그의 아내 나타샤가 학교에서 애들을 찾아 와서 동석했다. 빨갛고 커다란 하트 그림이 눈에 띄어서 물으니 막내 빅토가 심장 수술을 마치고 회복 병상에서 부모인 장 마크와 나타샤에게 그려 바친 그림이란다. 그림은 A4 가로 가운데에 꽉 차게 빨갛고 커다란 하트를 그려 넣고, 주변으로는 보석이 발하는 광채 효과를 내는 노란 점들이 찍혀 있다. 하트 왼쪽엔 내리닫이로 빠빠, 오른쪽엔 마멍이라고 써 있다. 생각해 보니 빅토는 그의 형 디에고가 차분한 성격을 가진 것과는 달리 불같은 기질을 지녔는데, 조금만 움직여도 숨이 차서 헐떡거렸었다. 병원에서 심장이 자라지 않는 병이라는 진단을 받고 수술을 했는데, 수술이 잘돼서 맘껏 뛰놀 수 있는 건강한 아이가 되었다며 부부가 웃었다.

그림을 들여다보니, 어려운 수술이 진행되는 동안 수술실 밖에서 마음 졸이며 기도하던, 그리고 수술이 잘 끝나서 안도하며 조용히 환호하던 부모의 긴장된 사랑의 마음에 대한 감사와 깨달음이 가득 담겨 있다. 나는 빅토를 안아 올려서 볼에다가 입을 맞췄다. 제대로 고통을 겪어 낸 빅토가 참으로 가상해 보였다. 그림을 그려 낸 그 마음은 또 한없이 순수하고 천재처럼 느껴졌다.

2012년 12월 31일. 한 해가 다 저물었다. 세상에 대한 기대도 저물고, 세대들의 어떤 바람도 남아 있지 않다. 우린 이제 밖을 볼 일이 없어진 것이다. 그 표독스런 군용 잠바 레이번의 망령이 머나먼 동쪽 하늘을 검게 뒤덮고 있는 지금. 겨울비는 나의 존재 내면으로만 내린다. 정신이 번쩍 든다.

손월언 | 시인

프랑스 몽마르트르에 가면 까만 파마머리에 낡은 카메라를 추켜들고 어슬렁거리는 한 까칠한 동양인을 만날 수 있다. 아내의 고국 전시회를 핑계로 귀국한 동안, 잠시 문학촌에 여장을 푼 채 지친 향수를 어루만지면서도 심상찮은 조국의 현실에 멀미를 앓는 천애의 이방인. 18년째, 재불 화가로 활동 중인 아내 변연미씨와 아직도 젖먹이처럼 열애 중이다.
「심상」으로 등단했으며, 시집 『오늘도 길에서 날이 저물었다』, 프랑스어 시집 『주머니를 비우다』가 있다.

다슬기가 있었다!

긴가민가하면서 대문으로 들어서는데 '글을 낳는 집'이라고 쓴 현판이 눈에 들어왔다. 제대로 찾아왔다는 안도감 위에 현판이 함의하고 있는 부담감이 올라앉았다. 이곳에서의 경험이 내 문학에 좋은 영향을 끼치기를, 마음에 새기며 차 문을 열었다.

잔디가 깔린 너른 마당엔 한 가마들이는 족히 넘을 장독 육십여 개가 바둑판 위의 바둑돌처럼 놓여 있었고, 텃밭에는 각종 쌈 채소인 상추, 치커리, 쑥갓, 신선초, 케일 등이 자라고 있었다. 밭 가장자리에는 당귀, 더덕, 돼지감자 등이 자라고 있었으며, 그 끝에는 유량이 풍부한 개울물이 흘러가고 있었다. 시골 출신인 나는 장난감 가게에 들른 어린애처럼 눈이 즐거워지고 기대감이 생겼다.

예상대로 식탁은 주로 텃밭에서 키운 채소 위주로 꾸며졌는데,

나는 사흘 째 되던 날부터 설사를 했다. 물을 갈아먹어서 그럴 수
도 있겠다 싶었는데 그 뒤로도 오랫동안 묽은 변을 봤다. 갑작스런
식습관의 변화를 몸이 받아들이지 못해 오는 현상인 것 같았다.

일주일에 한 번씩은 반드시 생선과 고기를 구워먹었고 곰국도
자주 끓여 먹어 온 게 근 삼십 년이니 무리도 아니다 싶었다. 그래
서 우유와 유제품, 참치를 사다가 벌충했지만, 고기에 대한 허기
는 달래지지 않았다. 함께 생활하는 작가들은 야채 위주의 식단에
대 만족을 보이는데 혼자만 고기 타령을 하고 있으니, 세련되지
못하고 근천스러운 느낌이 들어서 몰래 나가 삼겹살이나 국밥을
사먹으며 지냈다.

나도 그랬지만 동료 작가 중 한 분은 운동을 하러 거의 매일 뒷
산에 올랐는데, 그때마다 취나물을 한 줌씩 뜯어 왔다. 취나물에
는 양질의 칼슘과 철분이 들어 있다기에 자주 사곤 했는데, 무치
는 첫날에만 맛있게 먹고 그 다음부터는 냉장고에 넣었다 뺐다 하
다가는 그대로 음식물 쓰레기통에 버리곤 했었다. 그런데 살짝 데
쳐서 별다른 양념도 없이 된장과 들기름을 넣어 무친, '글냥' 뒷산
에서 채취한 취나물은 매일 먹어도 물리지 않았다.

물리지 않는 음식이 또 있는데, 이름 하여 '죽바탕'이다. 죽순에
바지락과 들깨 가루를 넣고 국물이 잘박잘박할 정도로 끓인 죽바
탕_{글을 쓰면서 내가 붙인 이름이다.}은 아주 구수하고 맛있다.

하나 더 있다. 동네 이장님 댁에서 재배한 햇고사리를 커다란 바구니로 하나 가득 선물로 가져온 날, 사모님은 영광 굴비 한 상자를 들어다 손질했다. 내일은 굴비 구이와 고사리 나물을 먹겠구나, 짐작했다. 그런데 이튿날 식탁엔 굴비와 고사리 접시 대신 냄비가 덜렁 올라앉아 있었다. 열어 보니 고사리 찜이 잔뜩 들어 있었고, 가장자리엔 굴비 꽁지가 비쭉 나와 있었다. 굴비를 먹자는 것인지 고사리를 먹자는 것인지, 내가 젓가락만 빨며 멀뚱멀뚱 쳐다보고 있는데, 이 고장 출신인 조동례 시인이 큰 접시를 가져다 앞앞이 놓아 주고는 굴비를 한 마리 척 얹고 그 옆에다 고사릴 얹었다. 굴비 맛이 밴 고사리 찜이 얼마나 맛있는지, 양쪽 입가로 침을 질질 흘려 가며 아귀아귀 먹었다.

음식이 입에 맞으면서 몸의 컨디션이 좋아졌다. 그러면서 이곳에서의 생활도 고향집처럼 익숙하고 편안해졌다. 해질 무렵이면 밭에 나가 직접 풀도 뽑고, 오이 덩굴을 간섭하고, 가지 순도 쳐 주고, 사모님을 도와 들깨 모종을 옮겨 심기도 했다.

어느 날 무심코 개울물을 들여다보던 나는 깜짝 놀라며 눈을 비볐다. 세상에, 다슬기가 있었다! 집 앞 개울에 다슬기가 있다니! 너무나 신기해서 다슬기를 잡자고 했지만 다들 시큰둥했다. 막상 채비를 차리고 나서니, 조동례 시인이 불쌍해서 봐준다며 따라 나섰다. 막상 잡으려고 보니까 계절 탓인지는 몰라도, 공연히 봄볕에 얼굴만 그을리고 옷만 버리고 돌아가는 건 아닌지 할 정도로

된장을 풀어 한동안 끓이니까 파랗게 육수가 우러났다. 다슬기는 따로 건져 놓고 육수에 감자 넣고 수제비를 끓였다. 정말 맛있었다. 식사를 마치고 나서 우리는 바늘을 가지고 다슬기 속살을 빼먹었는데, 그게 또 그렇게 재미있을 수가 없었다. 내가 이렇게 재미있게 살아도 되는 건가, 불안할 정도로 즐겁고 행복한 시간을 보냈다.

씨알이 잘았다. 어쩌다 통통한 놈을 잡으면 월척이라도 한 듯 조시인에게 보여 주면서 독려했다.

"조 선생, 우리 많이 잡아서 된장국 끓여 먹읍시다. 다슬기는 간에 좋다던데……."

"된장국보단 수제비가 낫지요."

다슬기를 넣고 수제비를 끓인다는 소린 금시초문이었지만 암튼 포기하지 않고 계속 잡겠다니 고마웠다. 개울을 따라 얼마만큼 내려갔더니 물 아래 평평한 바위가 깔려 있었는데, 타작 끝낸 콩멍석처럼 다슬기가 새카맣게 붙어 있었다. 가슴이 벌렁거릴 만큼 기뻤다. 끼약! 소리가 저절로 나왔고 손을 번쩍 들어 하이파이브를 청했고, 얼결에 조 시인이 손바닥을 갖다 대었다. 휴대폰으로 사진을 찍어 인증 샷을 남기고 여기저기 전화를 해서 다슬기가 많다고 자랑도 했다. 손으로 쓰윽 훑으면 한 움큼씩 잡혔다. 자잘한 것들은 도로 제 바닥에 방생했다. 몸을 숙여 물속을 들여다보느라 가슴팍이 다 젖고 이끼에 미끄러져서 엉덩방아를 찧다 보니 여기저기 까이고 멍들고 했지만 즐겁고 신났다. 태어나서 다슬기를 그렇게 많이 잡아 보긴 처음이었다. 숙소로 돌아와 둘이 잡은 걸 합해 보니 그 양이 상당했다. 작업을 나가지 않은 작가들도 탄성을 지르며 신나했다. 물을 부어 하룻밤을 재워 해감을 시켰다. 요리는 조 시인이 하고 나는 옆에서 거들었다. 된장을 풀어 한동안 끓이니까 파랗게 육수가 우러났다. 다슬기는 따로 건져 놓고 육수에

감자 넣고 수제비를 끓였다. 정말 맛있었다. 식사를 마치고 나서 우리는 바늘을 가지고 다슬기 속살을 빼먹었는데, 그게 또 그렇게 재미있을 수가 없었다. 내가 이렇게 재미있게 살아도 되는 건가, 불안할 정도로 즐겁고 행복한 시간을 보냈다.

아침에 일어나 책상에 앉을 때마다, '오늘은 기필코 30장을 쓰고 말리라!' 작심하고 앉아 글 작업을 하지만 도입부에서만 썼다 뭉갰다 할 뿐 도무지 진척이 없었다. 책상에 앉아 시간만 죽인 나는 오후가 되면 눈이 피로해졌고, 그 핑계로 썬 캡을 눌러쓰고 들로 나갔다.

때는 바야흐로 아카시아 꽃이 피는 계절이었고 달달한 꽃향기는 내 마음을 희롱했다. 첫눈이 꽃처럼 분분히 내리는 날에 아카시아 꽃차를 마시면 참 좋겠단 생각이 들었다.

그즈음엔 주로 번역을 하는 유인례 작가 부부와 저녁 산책을 했다. 남편, 루이스 씨가 캘리포니아 사람이라서 그쪽에 근거지를 두고 있는 유 작가는 입국할 때를 대비해 짐이 늘어나는 걸 좋아하지 않았다. 게다가 평생 칠판에 판서나 하고 책장만 넘기던 유 작가의 팔뚝은 어린애의 그것처럼 가늘고 매가리가 없어 보여서 꽃을 따러 가는 동료로는 실격이었다. 그래도 산에 혼자 갈 수는 없어서 작업을 걸었다.

"캘리포니아에 가서 꽃차를 마셔 봐, 그것도 담양의 꽃차를……. 한 낭만 하지 않겠어?"

그렇잖아도, 아토피 때문에 고생하는 조카가 있어서 아카시아가 꽃을 따다가 효소를 담가서 줄 작정이었다며 유 작가는 반색했다.

어떻게 된 일인지 주변의 아카시아 나무들은 전부 키가 컸고, 키가 큰 유 작가는 꽃송어리를 소담스럽게 따 담았다. 매가리 없어 보이는 그 팔은 긴팔원숭이처럼 나뭇가지를 휘어잡는 데 제격이었던 것이다. 나는 청개구리 고추 따듯이 폴짝폴짝 뛰면서 간신히 가지를 잡아챘지만 꽃송어리가 뜯겨지거나 훑어져서 신경질이 났다.

"성, 큰 자지 잡고 늘어져 보랑게 그네."

부안 출신인 유 작가는 루이스 씨가 한국말을 못해 일상생활에서도 거의 영어만 썼다. 그런 유 작가가 고향 사투리에다 가지를 자지로 발음하는 바람에 우린 웃음보가 터져 버린 것이다. 숙소에 돌아왔을 때 간단하게 회식 자리가 마련되어 있었는데, 유 작가와 나는 마주볼 때마다 키득거리다가 결국 그 이야기를 해 버렸다. 소설가들은 그걸로 소설을 쓰라고 했고 시인들은 시를 쓰라고 했다. 그럴 것 없이 소재를 제공할 테니 당장 이 자리에서 시를 지어 보라고 내가 우겼다. 좌중의 성화에 못 이겨 김규성 시인이 시를 지었다. 그 시를 조동례 시인에게 낭송을 하게 했다. 평소에 자기 관리에 엄중하고도 절제가 배인 두 시인의 절절매는 모습은 기대 이상의 웃음과 재미가 유발되었다. 누군가는 마룻바닥을 구르며 웃었고 또 누군가는 눈물을 질금거리며 나 죽는다고 소릴 질러 댔다.

약정한 삼 개월을 마치고 집에 돌아와 보니 체중이 3kg이나 불었다. 이렇다 할 만한 작품을 건져 오지 못한 아쉬움이 있긴 하지만 그곳에서의 체험이 언젠가는 글로 발현될 걸 기대한다.

그곳에서 맺은 모든 인연이 새삼 그립다.

김세인 | 소설가 ....

말도 시원시원하고, 처세도 시원시원하다. 밀린 집필 중에도 탁구와 산행은 거르지 않는 등 활력 넘치는 적극성은 좌중을 압도한다. 그러기에 웬만한 시름이나 설음 따위는 감히 발붙이지 못한다. 물론 그에겐들 남 못잖은 속 고생이 없으랴. 그걸 여느 남자보다도 대범하고 담담하게 웃어넘기는 외연이 단단한 것이다. 그가 나가는 문학 강의실마다 항상 활기가 넘친다. 1997년 『21세기문학』으로 등단했으며, 작품집 『무녀리』 외 다수가 있다.

담양에서 보내는 편지

상 선생님, 긴 겨울도 다 가고 봄이 왔습니다. 세설원에 와서 지낸 지도 벌써 한 달이 되었습니다. 서울을 떠나 슬로우 시티 마을도 돌아보고, 담양의 운치 있는 정자에 앉아 따뜻한 햇살을 받다 보니 내 삶도 여유가 생겼습니다.

여기 담양의 가로수는 특이하게도 메타세쿼이아입니다. 어느 마을을 가도 대숲과 감나무이고, 배롱나무꽃과 매화가 피어 있습니다. 봄날 담양 꽃구경 한 번 와 보세요. 길가에 흰 구름처럼 피어 오른 벚꽃과 매화가 터널을 이루어 그 풍광이 정말 장관입니다. 그 꽃길은 마치 상 선생님이 피워 놓은 시와 같은 환상적 세계를 보여 줍니다. 선생님의 연작 장시 「발해기행」과 「대구」는 무궁한 상상력과 자료의 방대함이 장관이었습니다.

저는 상 선생님이 추구했던 독특한 모국어의 향기처럼 담양의 향토적 정서에 젖으면서 매일 이 곳 저 곳을 두리번거리고 다닙니다. 어제는 죽녹원과 관방제림의 푸조나무 숲길도 신발을 벗어들고 천천히 걸어 보았습니다. 그리고 소쇄원의 대나무 숲길에 들어서 바람에 흔들리는 댓잎소리도 들어 보았습니다. 인공림이지만 자연의 순리를 살려 낸 묘경이 참으로 아름다웠습니다. 잠시나마 나도 자연 가까이 다가가 깨끗하고 시원한 바람 소리와 물 소리가 되었습니다. 이 풍진 세상에 오염되지 말라는 뜻의 물염정에서 김삿갓을 생각하면서 화순 적벽의 아름다움도 조망하였습니다.

지난주는 조선 시대 가사문학을 꽃피운 정자를 둘러보며, 시상에 젖어 보기도 했습니다. 구슬이 운다는 이름의 명옥헌에 들러, 새빨갛게 볼 붉히는 배롱나무의 웃음엣짓을 보면서, 서두르지 말고 삶을 찬찬히 세 번 돌아보라는 말을 되새겨 보았습니다. 그림자도 쉬어 간다는 식영정에서 관리인의 안내로 따끈한 차 한 잔을 마시고, 송강의 성산별곡을 읊조려 보기도 했습니다. 그가 글공부했던 환벽당을 돌아보니, 사방에 둘러 있는 푸른 벽오동나무가 예사롭게 보이지 않았습니다. 억울하게 죽어서 떠도는 원혼이 서린 취가정을 떠나 독수정에 올라가 한 임금을 섬긴 충신의 절의를 되새기면서, 주위의 아르다운 숲을 둘러보았습니다. 그리고 추월산과 강천산의 맑은 물소리와 폭포 소리에 몸과 마음을 깨끗이 씻고 내려왔습니다. 돌아오는 길에 무월마을에 들러 달빛처럼 은은한 사람들의 인정을 담뿍 받고 왔습니다.

상 선생님, 주어진 환경에 묵묵히 순응하면서, 서두르지 않고, 느리게 살아가는 자연의 생태를 바라보면서 상 선생님을 생각했습니다. 자연은 가난한 삶 속에서도 모든 것을 포용하고, 고통을 이겨 나가면서, 성실하게 살아가는 순리를 터득하고 있었습니다.

담양의 여러 곳을 여행하는 동안 저는 나무늘보가 되어, 삶의 순리와 느리게 사는 법을 배우고 있습니다. 느린 삶을 생각하고 있던 어느 날, 저는 TV에서 나무늘보라는 이상한 동물을 발견하였습니다. 나무늘보는 동작이 느려서 붙여진 이름이지요. 발가락에는 긴 갈고리발톱이 있어, 나무에 매달려 살기에 아주 알맞게 되어 있지요. 종일 나무에 매달려 느릿느릿 나뭇잎이나 열매를 따 먹고 살아간답니다.

상 선생님, 이 초고속 시대에 참 신기한 동물도 있지요. 그토록 느릿느릿 기어 다니는 데도, 어떻게 오늘날까지 멸종되지 않고 생존할 수 있었을까요? 땅에서 지내는 시간보다 나무에 매달려 사는 시간이 더 많아서였을까요? 동작이 느려 터진 이 짐승은 도대체 머물러 있는 것인지 기어가고 있는 것인지 통 분간이 되지 않을 정도였습니다. 쫓고 쫓기는 약육강식의 세계에서 이런 느림보가 살고 있다니, 아무리 보아도 신기하기만 했습니다. 그래서 느린 이 동물은 초고속 시대를 살아가는 우리들에게, 슬로우 비디오처럼 느림의 동작을 초속으로 보여 주는 게 아닐까요. 한참을 들여다보고 있으면 나무늘보는 너무 바쁘게 서둘지 말고 천천히 가라는 그 어떤 교훈을 보여 주고 있는 것 같았습니다.

여기 나무늘보를 두고 쓴 시 한 편을 보여 드립니다.

나무늘보가 나무에 매달려

느릿느릿 발을 움직인다

쫓고 쫓기는 것들과는

아주 완전 다르다

나뭇잎이 흔들린다

저러다 땅에 떨어지면

꼼짝없이 먹히겠다

초고속 시대를 매달려온

긴 갈고리발톱은

호랑가시나무 잎처럼 날카롭다

순한 눈동자에 어리는

구름그늘 같은 것 노을빛 같은 것

낯선 세상 혼자뿐인 나무늘보가

나뭇가지에 매달려

어물어물 발을 옮겨놓는다

길 밖의 길을 간다

– 졸시, 「나무늘보」 전문

저는 이 시를 슬로우 시티 마을로 가는 길처럼, 느림의 길을 걷기 위해 썼습니다. 시는 교훈적 성격을 띠는 것을 경계해야겠지만, 저는 시에 이야기를 담고 싶었습니다.

일과 시간에 쫓기는 현대인일수록 자연의 순리를 깨닫고, 느림의 삶을 배워야 하기 때문입니다. 첨단 과학 문명 시대에는 버튼이나 마우스 클릭 한 번이면 모든 것을 해결하는 시대가 되어, 저마다 편리한 삶을 따라가고 있습니다. 이제 현대인들은 바쁜 삶에 익숙해져, 생각과 기다림을 요하는 것들은 꺼리게 되었습니다.

한국 관광객이 많이 찾는 동남 아시아에 가 보면, 한국인들이 많이 쓰는 '발리 발리빨리 빨리'란 말을 어디서나 들을 수가 있습니다. 이것은 무엇이든 참지 못하고, 그저 빨리 서두르기만 하는 한국인의 습성을 단적으로 말해 주는 것이지요.

사람들은 수단과 방법을 가리지 않고 뜻을 이루려고 합니다. 그 결과 성실하게 노력하는 과정보다는 이룩해 놓은 결과만을 중시하게 되었습니다. 재빠르고 눈치 있게 일하면 똑똑하고, 정직하고, 성실하게 일하면 어리석게 여기는 풍조가 생겨나게 되었습니다. 필요한 자료를 책에서 얻지 않고, 컴퓨터에서 쉽게 찾으려고 합니다. 파란 불이 켜지기도 전에 횡단보도를 뛰어 건너갑니다. 부정을 해서라도 빨리 돈을 벌려 하고, 출세하려고 합니다. 황금만능주의가 팽배하여, 정신보다 물질을 앞세우는 시대가 되어 버렸습니다.

언젠가 상 선생님은 이런 말씀을 하셨지요. 급히 서두른다고 해서 모든 것이 빨리 이루어지는 것이 아니다. 급히 서두르다 보면 무리와 실수가 생겨나고, 뜻하지 않은 사고가 발생한다고 말입니다.

초고속 시대를 살아가는 사람들일수록 생각하고, 참고, 기다리는 느긋한 마음이 필요합니다. 때로는 나무늘보처럼 느리게 살아가는 지혜가 필요합니다. 아무리 바쁜 세상 속에서 살아도 서두르지 않고, 정직하게 한 발짝 한 발짝 삶의 계단을 꾸준히 밟아 가는 생활의 자세가 필요할 때입니다.

자연은 기계문명 속에서도 그 위력에 휘말리지 않고, 변함없이 자신의 모습을 그대로 유지하고 있지요. 우리 인간도 자연과 공존하며, 느림의 삶을 추구한다면, 소유하는 것이 적어도 평온한 삶을 영위할 수 있으리라고 생각합니다.

자연은 순리를 거스르지 않습니다. 애솔은 거목이 되기까지 수많은 세월을 서두르지 않고 눈보라 속에서 묵묵히 견뎌 내었습니다. 천년 송에 쳐져 있는 수많은 나이테를 보면, 오랜 연륜에서 뿜어 낸 나무의 향기를 느낍니다.

상 선생님, 느긋하고, 깨끗하고, 조용하고, 부드럽고, 따뜻한 것이 그리울 때입니다. 우리가 뒤쳐져 걸어가더라도 느긋하고 끼끗하게 살아갑시다. 요즈음은 연일 보도되는 기사들이 어둡고 시끄러운 것들뿐이지요.

저는 글을 낳는 집 '세설원'에서 혀를 씻어야 하는 의미를 되새기면서, 귀에 거슬리는 말을 들으면 허유처럼 귀를 씻는 것이 아니라, 더럽혀진 혀를 씻어 내고 있습니다.

저는 이제 느리다는 것이 단순히 민첩하지 못한 동작을 뜻하는 것이 아니라는 것을 알게 되었습니다. 느림의 철학은 초고속 시대를 살아가는 오늘의 삶을, 다시 한 번 천천히 돌아보게 하고 있습니다.

상 선생님, 인생은 풀잎에 잠시 빤짝하다가 사라지는 이슬이라고 했지요. 이렇게 세월이 빠른 줄은 몰랐습니다. 그래도 상 선생님은 우리 시문학사에 기록될 만한 연작 장시를 쓰셨으니, 영원을 살고 있는 셈이지요.

우린 시를 쓰는 연분으로 이순이 넘어서 만났지만, 오래된 사이처럼 따뜻한 정을 느끼고, 말하지 않아도 마음이 통합니다. 서로 즐거운 자리에 불러 주고, 느리지만 정직하고 건강하게 살아가는 것이 너무 좋습니다. 언제 또 마음이 통하는 좋은 분들과 만날 날을 기다리겠습니다. 항상 좋은 시 쓰시고 건강하십시오.

권달웅 | 시인

늘 들어도 몸에 익은 경상도 억양이 구수하기만 하다. 맘에 드는 친지면 시 못지않게 탐하던 수석도 흔쾌히 나누는 인심 또한 구수하다. 합리적이면서도 올곧은 선비가 그리울 때면 그를 찾으면 된다.

1975년 「심상」으로 등단했으며, 시집 『해바라기 환상』, 『바람 부는 날』, 『반딧불이 날다』, 『달빛 아래 잠들다』 등이 있다.

내 사랑 까뮈

밤새 앓는 소리를 냈지만 내 귀엔 들려오지 않았다. 근원에 닿고 있는 간절한 네 마음을 헤아리지 못한 것이다. 너는 밤낮 내 근처에 있으므로, 내 영역 그늘에 있으므로 곁을 내주고 밥을 나눠 먹으며 까뮈, 나는 너의 흑갈색 털을 점점 사랑했다.

봄은 감각의 계절, 바람 속에도 후각이 살아 있어 따뜻한 숨결은 유독 꽃망울에게로 흐른다. 발끝을 세우고 춤추는 새들은 깃털 속까지 물이 오른다.

시 한 편을 쓰고 좋아서, 좋아라고 그네에 앉는다. 내 몸의 무게를 아는 그네는 머릿속을 빠져나간 종이 한 장의 가벼움으로 나를 태운다. 문득 시 한 편의 경제적 가치를 가늠한 어느 시인의 시가

떠오르고 풍경 속으로 길을 내며 사라져 가는 시의 뒷모습을 바라
보며 잠시 쓸쓸해진다.

까뮈가 다가왔다. 제법 훤칠하고 멋진 알베르트를 닮은 시선,
며칠을 공을 들였지만 너는 아직 내 손길을 거부한다. 쓱 한 번 내
손등을 핥고 뒷주머니에 손을 넣고 유유히 사라진다.

고랑 옆 무논에 아지랑이가 피기 시작한다. 처음 온 날 불던 꽃
샘바람에 줄행랑 친 겨울은 더 이상 이곳을 기웃거리지 못했다.
이 집에 오래 살던 영웅이가 그랬다. 늘 새로운 사랑을 찾아온 동
네를 헤매고 다니던 영웅이는 어느 날부터 이 집에서 제 스스로
모습을 감추었다고 한다.

사랑은 때로 모닥불처럼 탄다. 꺼질 듯 비명을 지르며 눈물겨운
연기를 뿜어내다가 가벼운 입김으로 불이 살아나고, 장작 한 개비
쑥 밀어 넣으면 밤새 신혼의 방처럼 따뜻해지곤 한다. 그것을 알
기까지 몇 굽이의 겨울이 지나가고 마당의 항아리가 점점 늘어 가
듯 사랑도 어느 순간 느긋해지는 것이다.

이곳의 시간을 얻기까지 내 삶도 그러했다. 동의와 응원을 구하
고 가방을 꾸리기까지 기혼 여성의 첫 휴가는 결코 쉽지 않았다.

투쟁은 아련한 아름다움을 남긴다. 슬픔 속에 피는 꽃처럼 아늑한 시간이 가고 있다. 두루마리가 풀려나가듯 3월 한 달이 훌쩍 지나가 버릴 것 같아 매 순간을 아껴 먹고 있다.

얼음이 녹아 흐르는 물소리는 어느 때보다 청량하다. 대숲머리 비둘기가 일찍부터 햇살에 앉아 구구거린다. 이런 날은 날씨가 따뜻하다. 느물거리는 봄이 방안까지 기웃거린다. 아기 별꽃이 연보라의 눈빛으로 처마 아래서 반짝이고 있다.

집을 나갔던 영웅이가 돌아온 건 순식간의 일이었다. 집주인 김 시인은 창평 오일장에 나가 마당귀에 심을 감나무 묘목을 사고, 안주인은 마당 가득 놓인 효소 항아리 속에서 백 가지의 오묘한 맛을 건져 내는 중이었다.

누구에게도 쉽사리 눈길을 주지 않던 까뮈, 창 하나를 두고 나의 자판에 귀를 기울여 주던 믿음직한 개, 여기 낯선 곳에서 어두운 잠자리를 지켜 준 든든한 너에게 오늘도 아침 몇 숟갈을 남겨 바쳤다. 도도한 눈빛으로 내게 다가오던 너의 꼬리가 살짝 말아 올라가는 것을 보았다.

오전의 마당은 숨 막히게 조용하다. 바람 한 줄기가 정오를 긋

오전의 마당은 숨 막히게 조용하다. 바람 한 줄기가 정오를 긋고 지나갔을 뿐이다. 눈부시게 환한 상수리나무 아래서 이제 까뮈는 부끄러움을 잃었다. 연분홍 치마가 봄바람에 흩날리고 있었다. 뭇 시선들을 무시한 채 둘은 마당의 시샘과 환멸의 눈초리를 당당하게 한 몸으로 받아 내고 있는 것이다.

고 지나갔을 뿐이다. 눈부시게 환한 상수리나무 아래서 이제 까뮈
는 부끄러움을 잃었다. 연분홍 치마가 봄바람에 흩날리고 있었다.
뭇 시선들을 무시한 채 둘은 마당의 시샘과 환멸의 눈초리를 당당
하게 한 몸으로 받아 내고 있는 것이다.

오, 이 부조리한 세상, 까뮈는 정말 아무렇지도 않게 다가와 다
시 내 손에 얹힌 밥을 먹는다. 너의 뱃속에서 눈부시게 하얀 털을
가진 다른 종의 새끼들이 나올 때까지 짝지어 춤추는 봄의 황홀에
나는 시위를 겨누고 싶어진다.

'글을 낳는 집', 너나 할 것 없이 배가 불룩해지는 봄날이 가고
있다. 만화방창 호시절에 모 작가는 장편의 고된 산맥을 넘고, 김
시인은 멜랑꼴리한 시를 쓰고 있다. 오늘 어리고 예쁜 동화작가가
둥지를 틀러 들어왔다. 내 사랑 까뮈의 뱃속에서 꼬물거리고 있을
예쁜 새끼들을 그려 본다.

남길순 | 시인

늦깎이인데도 숨은 내공이 역력하다. 그동안 어떻게 그 끓어 넘치는 열정을 억누르고 있었
을까. 두문불출 집필실에 칩거 중인 그를 보면 그가 얼마나 창작의 열기와 맛에 매료되어
있는지 알 수 있다.
2012년 「시로 여는 세상」으로 등단했으며, 현재 첫 시집을 준비 중이다.

저 소리와 이 소리

용인의 아파트를 떠나 3월 1일, 이곳 담양으로 온다. 3.1절 연휴라 천안까지는 시속 20킬로미터다. 80킬로미터를 4시간에 왔으니. 아침 10시 30분에 떠나 저녁 6시 30분에 이곳 '글을 낳는 집', '세설원洗舌園'에 도착한다. 평시에 두 배는 족히 걸렸다. 입구로 차가 들어서자 이건 명절을 맞아 고향집 아니면 처가에 온 게 아닌가 하는 푸근한 마음이 먼저 든다. 저녁을 먹고는 8시간 운전의 피로를 생각해 일찍 자리에 눕는다.

아침에 일어나니 세상이 달라져 있다. 언제 일어나느냐고 보채는 사람도 없고, 인사를 나눌 사람도 아직은 문우 한 명밖에는 없다. 마당에 나가 이리저리 몸을 휘둘러본다. 강아지도 쳐다보고는 꼬리를 흔들 뿐 짖지 않는다. 방에 들어오니 TV도 없고, 라디

오도 없고, 신문도 없다. 식구도 없다. 무엇보다 조용하다. 들리는 소리라곤 하도 심심한지 나는 새를 보고 짖는 집 지키는 마당의 강아지의 목청뿐이다.

　잠시 떠나온 집을 생각해 본다. 아침부터 응접실의 TV는 제 비싼 몸값을 치르느라 열심히 수다를 떨고 있을 것이고, 9시가 지나면 오늘은 가스 검침일이나 관리비 납부의 날이라 통장 잔고를 확인하라는 관리실의 안내방송, 너무 맵고 짜서 먹을 수 없는 김치장이 섰다고 알리는 부녀회의 안내 방송_{주민을 위한 서비스라고 하지만 부녀회의 돈벌이가 되는 것을 누가 모르는가. 그 돈을 내가 갖나요. 경로당 할아버지·할머니에게 이따금 점심 대접해 드리잖아요. 그럼 점심도 안 먹고 김치도 안 사는 사람은 어찌 되는 거지요,} 등기 왔다는 우편 배달원이나 경비 아저씨의 전철 도착음 같은 당당한 초인종 호출, 문고리에 요구르트 매달았다는 문소리, 위층 어린의 발 굴음 소리 그리고 아내가 긴 전화를 받느라 그 사이 부엌에서 국이 끓어 넘치는 치지직- 소리는 오싹함을 느끼게 한다. 아침이 지나면 서로의 안부를 묻는 친지들의 집 전화 벨이 울리기 시작하고 스마트 폰도 슬슬 기지개를 켠다. 이어 문 밖에서는 예수를 믿거나 부처님께 보시를 하라는 생의 안내자들이 성지 순례하듯 찾아온다. 그들은 이미 관리실 경비들을 어여삐 여기고 그들의 장벽을 넘어 온 사자使者들이다.

　여기서는 우선 이 모든 소리로부터의 자유다. 나아가 먹고 마시고, 잠자고 운동하고, 놀고 일하고, 생각하고 쉬고…… 모든 것으로부터의 자유다.

다행히 책은 소리를 내지 않는다. 생각하는 일도 소리를 내지 않는다. 글을 쓰는 일도 소리와는 무관하다.

인근에 교회가 없으니 종소리도 들리지 않는다. 절의 타종 소리며 예불 소리도 들리지 않는다. 너무 조용하니 언뜻 무료함에 할 일과 생각해야 할 길과 써야 할 주제를 놓치고 있다.

소리가 있으면 같이 소리를 지르든, 부름을 받고 가든 몸으로 움직여 의사를 표현할 기회가 있으련만 처음부터 소리가 없으니 반응할 일이 없다. 조용함은 몸을 점차 위축시키고 있다. 조용함이 몸을 옭매다니. 정신이 얻는 자유를 위해 몸을 희생시킬 수는 없는 일이다. 몸을 살리기 위해 산보를 나선다. 바로 뒷산에는 양 갈래 골짜기가 있다. 오른쪽 산은 남성답게 가파르고 소나무 산이고 왼쪽 산은 평지에 편백나무 숲길이다.

나는 오른 쪽 산 위로 오르며 작은 내를 건넌다. 발아래서는 개울이 소리를 내며 흐른다. 그러고 보니 바람도 숲을 어루만지며 흔적 소리를 낸다. 새 소리도 들린다. 벌레도 가만히 들여다보니 기어가는 소리가 들리는 것 같다. 오른쪽 산 중턱에 오르자 햇볕이 종일 빛을 담아 놓았다가 나뭇잎을 흔들며 솨― 환영의 인사를 건넨다. 오른쪽 산을 내려와 왼쪽 편백나무 숲으로 간다. 철 이른 나비가 조용히 날갯짓을 한다. 막 터 오르는 새순들도 소리를 지르는 것 같다. 다음 날은 딱따구리가 나무를 쪼고 있다. 적송과 편

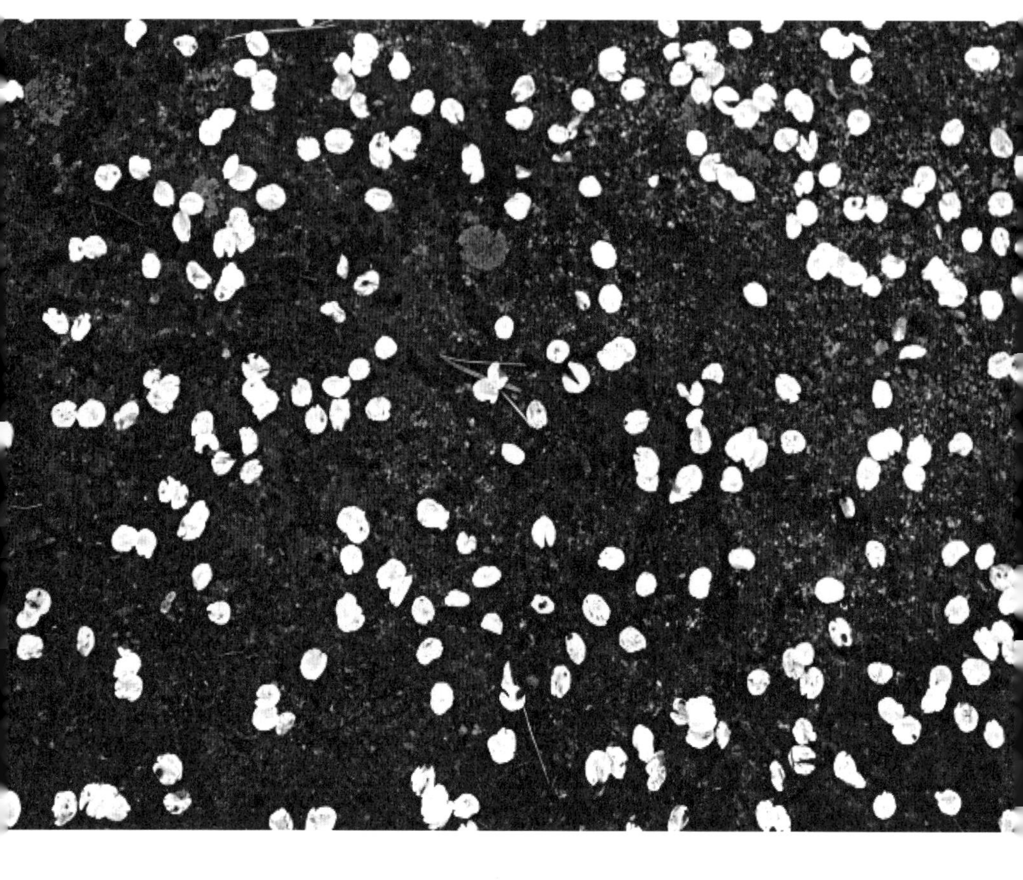

백나무에서 피톤치드가 나온다는데, 어쩌면 이리도 구색이 맞게 양쪽 산에서 덤으로 피톤치드 세례를 받다니.

그렇다. 세설원에서는 소리를 듣고 싶으면 일단 소리를 찾아 나서야 한다.

집은 고즈넉하고 끼니때가 되면 2~3명의 문우들은 촌장 김규성 시인의 부인인 김선숙 여사의 반찬과 마주한다. 원래 이곳은 봄, 여름, 가을이 따로 없이 철따라 산과 들, 바다에서 자생하고 있는 200여 가지 산야초를 직접 손질하고 있는 곳이다. 우리들의 반찬은 기본이 효소 발효 음식이다. 시금치 무침이지만 버무린 식초며 식물유 모두 여러 약초로 발효한 식품인 셈이다. 어찌 보면 전남도청 오픈 마켓에 공급되는 식품을 우리는 그냥 섭취하고 있는 셈이다.

김 시인이 산과 들, 바다에서 채취한 자연산 재료는 약성은 물론 향도 좋다. 채취한 재료들을 소나무 숲 지하 148m에서 뽑은 석간수로 세척한다. 효소를 담으면 1∼2달 정도는 매일 저어 주어야 된다고 한다. 중노동의 산물이다. 그러니까 '글을 낳는 집'에서는 소리가 없고, '세설원'에서는 제 몸을 녹이는 약초들의 부글거리는 소리가 들리는 셈이다.

쑥 복합 효소에는 쑥 20%외 구절초, 당귀, 수삼, 생강, 복분자, 오가피 열매, 솔잎, 고추, 익모초, 야생갓, 대추, 달맞이꽃, 무, 늙은 호박, 야생사과, 양하, 우슬뿌리, 모과, 부추, 황기, 양파, 마늘, 표고버섯, 삽주 뿌리가 들어간다. 저들이 저기 몸을 태우는 소리가 복합되고 있으니 오죽이나 시끄럽겠는가. 그 소리는 황토 움막에 가서 항아리에 귀를 대면 들을 수 있다. '세설원'의 설雪은 언어와 입맛을 상징하고 있다. '글을 통한 영혼의 치유와, 효소를 통해 공해에 찌든 현대인들의 입맛을 회복시키는 역할을 하게 될 것'

이라고 선언한다.

5일, 10일 장을 맞아 창평 장에 간다. 바로 곁에 창평 슬로 시티 고택 촌이 있다. 고색이 창연한 100여 년 된 기와집 사이로 유명한 창평 쌀엿을 고는 집이 여럿 있다. '아궁이가 예쁜 집'을 찾아 부엌을 보니 아궁이에서는 타다닥 나무 타는 소리에 무쇠 솥 안에서는 엿이 부글부글 익고 있다. 조용하면서도 멋진 화음을 이룬다. 소리가 예쁘니 엿도 달콤하다.

자연과 반半 자연의 가공품인 돌멩이와 철판을 누이고 세워 배치한 이우환 화가의 작품이 생각난다. 국악기 가운데 편경과 편종이 있다. 자연산인 돌과 가공 자연산인 쇠의 소리를 섞어 조화를 이루게 하려는 것이다. 온갖 공해와 문명의 편의를 갖춘 일상의 집을 떠나 반 자연의 집에서 산다는 것은 철을 사용하다 돌로 돌아가는 석기 시대의 풍경이 아닌가, 하는 달콤한 생각을 해 본다. 아니 구석기 시대로 돌아가는 생활이어야 한다고 우기고 싶은 것이다. 온지 닷새가 지났는데 생각해 보니 머리를 한 번도 안 감았다. 내 집에서는 이틀이 지나면 가려워서 못 견뎠는데 머리가 가렵지 않으니 머리 감는 것을 잊어버리고 있었다. 효소 탓일까. 머리칼에 미안한 느낌이 들어 저녁에 머리를 감는다. 물은 지하 노령산맥을 품은 물이다.

3월 중순으로 들어서며 한두 가지 소리가 더 들린다. 저 먼 길

밖 달리는 차의 스피커 소리. 나가서 귀 기울여 들어 보니 '산불 조심' 안내 방송이다. 가까운 논의 흙을 뒤엎는 경운기의 건강한 소리가 하루 이틀 들리다 만다. 가까운 산에서 간벌하는 톱 소리도 며칠 들린다. 차츰 아침 새들이 마당에 찾아와 지저귀다 간다. 앞으로 날이 더 풀리면 온갖 새들이 뒷산에다 메아리를 울릴 것이다.

언젠가 현대적인 일상으로 돌아가더라도 다시 되돌아갈 수 있는 석기 시대 고향 한곳을 마음에 담아 두는 일은 삶의 또 다른 호사가 아니런가.

김광옥 | 시인

칠순이 넘었는데도 화색 고운 청년이다. 인자하고 지적인 풍모 속에도 언론계에 오래 몸담은 이력이 편히 감추어지는 것은 허드렛일도 젊은이들 앞서 손수 챙기시는 겸손이 몸에 배어 있어서다. 소탈하면서도 근검하고, 자기 관리에 엄정한 인품의 향기가 사위에 그윽하다. 1999년 「심상」으로 등단했으며, 수원대 언론정보학과 명예교수로 재직 중이다.

부지깽이 소근소근

저는 불 때는 걸 돕는 막대기인데요, 조금은 구불텅해요. 늙어 허리가 굽어서가 아니고 태생이 그렇지만, 곧은 친구도 있어요. 지금 저는 소나무 생가지인데도 위쪽은 조금 반질거려요. 우리 불 공기사님이 자주 만져 줘서 그렇지요. 불에 닿는 데는 타서 시커 멓고요. 불은 만나기만 하면 같이 타자고 자꾸 조르지만 그럴 수는 없어요. 제 임무는 잘 타게 하는 거니까요. '불공기사'는 '불을 공들여 잘 때는 기술자'라는 뜻으로 여기 몇이서만 쓰는 말이지요.

저는 하루 내내 거의 빈둥빈둥 누워서 놀아요. 어쩌다 비스듬히 벽에 기대 폼 잡고 서 있을 때도 있고요. 그러다 우리 불공 기사님이 저를 찾기만 하면 바로 손에 착 안기지요. 놀 때는 놀아도 일할 때는 또 화끈하게 하거든요. 잿불, 불길, 잉걸불, 그 어느것의 속이든 조금도 망설임이 없어요. 몸이 타서 까매지고 키가 작아져도 그걸 제 기쁨으로 기꺼이 받아들이지요. 슬퍼하고 뭐하고 그런 건 없어요.

11월 하순이면 초겨울이나 마찬가지지요. 아침 6시면 아직도 어둡고 쌀쌀한데, 우리 기사님이 현관문을 조심스럽게 여는 소리가 멀찍이서도 들려요. 이어서 마당 자갈 밟는 발자국 소리가 차륵치륵 들리지요. 남의 새벽잠 방해 안 하려고 살살 걸어도 조금씩은 소리가 나거든요. 까미라고 약간 희끗거리는 검둥이가 어느새 달려오면 아침 인사를 나눠요. 까미는 꼬리를 홰홰 치면서 쓰다듬는 기사님의 여기저기를 혀로 핥고 다리께를 앞발로 집적대면서 참 반갑게도 애교를 부려요. 기사님이 화목 보일러 손잡이를 잡고 들어올려 문을 열면 냇내가 훅 끼치지요. 기사님은 얼굴을 얼른 뒤로 젖혀 피하고요. 불이 꺼져 어두울 때는 제가 말을 해요. 기사님, 저, 여기 있어요, 여기요, 여기, 라고. 하기야 속엣말을 안 해도 저를 척척 찾아 잡지요. 기사님과 저는 찰떡궁합이거든요.

제 일은 보일러 아궁이 속으로 들어가 바닥의 재를 헤집는 것으로 시작돼요. 불씨가 살아 있나 어쩌나 봐야지요. 재에서 불씨가 드러나면 꼭 밤하늘의 별들이 반짝이는 것 같아요. 재만 뒤적일 때는 따뜻해서 좋지만 불씨는 뜨겁지요. 그래도 저는 몸을 안 빼요. 그래야 부지깽이답거든요. 재는 재대로 긁어내어 양철 재받침에 담고 불씨는 불씨대로 적당히 모아 놔요. 불씨가 조금은 재에 들어 있어도 괜찮아요. 바로 옆 텃밭에 갖다 붓고 제가 슥슥 펴면 별씨 같기도 하거든요. 탁탁 한두 번 두드리면 불씨는 금방 꺼져 불날 염려는 없어지지요. 재를 보면, 그렇게 굵직하고 튼튼하던 통나무가 요렇게 보드랍고 조금뿐인 재가 되었구나 하는 허망한 생각도 들어요. 부지깽이라고 그런 생각이 안 들겠어요?

재를 다 치우고 불씨를 잘 모아 놓으면 우리 기사님이 이제 마른 솔가리를 맨 밑에 놓고 그 위에 삭정이를 가는 것에서 굵은 것 순으로 올리고는 마른 통나무와 생솔 통나무를 올려놓아요. 불쏘시개에서 연기가 폴폴 피어오르면 기사님이 몸을 돌려 코를 땅 가까이에 대고 숨을 깊이 들이마시고는 아궁이에 얼굴을 바짝 대고 입바람을 후우욱 불지요. 몇 번 불면 차차 더 벌개지던 불쏘시개에서 불꽃이 확 피어나지요. 갑자기 대낮처럼 환해지면 기사님 얼굴도 환하게 웃어요. 땅에 꼿꼿이 서서 있는 힘껏 기사님 몸을 받쳐 드리던 저도 함께 웃지요. 불이라는 것도 그래요. 솔가리 같은 작은 것들이 많이 모여 타야 그 다음에 좀 굵은 것, 더 굵은 것, 아주 굵은 것이 타지요. 굵은 것은 너무 바짝 붙어도 멀리 떨어져도 안 되고 적당히 붙고 틈이 있어야 잘 타요. 작은 것에서 큰 것까지 함께해야 제대로 불이 붙지요. 작은 것들만 있어도 금방 화르륵 타서 꺼져 버리고, 큰 것들만 있어서는 아예 불이 안 붙고 말아요.

불이 한참 피어오르는데 뭐가 위에서 툭 떨어져요. 기사님도 저도 깜짝 놀래지요. 아니, 보일러 위에서 잠을 자던 고양이가 불 쬐려고 폴짝 뛰어내린 거였어요. 기침 소리라도 좀 내라고 혼자 중얼대고 말지요. 등을 많이 다쳐 고름이 흐르고 비척대는 들고양이를 이곳 주인이 데려다 밥 주고 약을 먹였는데 이렇게 건강해지고 함께 살게 되었대요. 나비라는 이름도 받았고요. 나비는 따뜻한 걸 좋아해요. 외로운지 기사님 품을 파고들기도 하고요.

저는 목탄처럼 그림을 그리고 글을 쓰기도 해요. 무심코 불쏘시개용 폐지에 하트와 송희, 꽃과 평화를 그리고 쓴 적도 있거든요. 그끄제엔 목탄 만드는 걸 돕기도 했어요. 화가 한 분이 필요하다고 하자 우리 기사님이 산에서 구해 온 손목 굵기의 떡갈나무를 한 뼘쯤씩 톱으로 잘라 벌겋게 태워서는 미리 텃밭에 파놓은 흙구덩이에 넣고 흙을 덮었다가 몇 시간 뒤에 꺼내는 걸 직접 거들었거든요. 파내는데 흙이 묻지도 않았어요. 참숯을 만든 거지요. 화방에서 파는 것보다 더 좋다더군요. 산의 나무를 마구 자르면 어떡하느냐고요? 아, 그건 염려하지 마세요. 여름에 태풍이 쓰러뜨린 거거든요. 소나무도 그렇고요. 태풍의 피해가 아니라도 너무 빽빽하면 간벌을 하기도 하고요.

불 속에서 지체하다 보면 불이 제 몸 끝에 너울너울 붙기도 해요. 불 뿜는 용이 된 기분이지요. 아예 하늘로 훨훨 날아 올라가 버릴까 하고 생각하는 찰나에 물속으로 푹 처박히기도 해요. 억지 다이빙이지요. 불 뿜는 용을 못 봐 주는 기사님 덕인지, 탓인지 하여간 머리부터 물속으로 내리꽂히면 불은 피식 꺼지고 말지요. 용 꿈은 금세 사라지고 말아요. 흙바닥에 쓱쓱 문질러질 때가 많지만

불이라는 것도 그래요. 솔가리 같은 작은 것들이 많이 모여
타야 그 다음에 좀 굵은 것, 더 굵은 것, 아주 굵은 것이 타지
요. 굵은 것은 너무 바짝 붙어도 멀리 떨어져도 안 되고 적당
히 붙고 틈이 있어야 잘 타요. 작은 것에서 큰 것까지 함께해
야 제대로 불이 붙지요. 작은 것들만 있어도 금방 화르륵 타
서 꺼져 버리고, 큰 것들만 있어서는 아예 불이 안 붙고 말아요.

요.

　제 즐거움에는 음악 감상도 있고, 군고구마 시식도 있어요. 바람 불고 비와 눈이 내리는 소리는 바로 음악이지요. 아궁이에서 토닥거리는 불의 연주, 불타는 나무들의 몸에서 울려 나오는 숲속 새의 노래며 바람 소리까지 어우러져 교향악으로 들리기도 하지요. 우리 기사님이 노래를 흥얼거릴 때는 제가 땅을 두드리며 장단을 맞춰 드리기도 하고요. 제가 노래는 안 돼도 연주는 얼마든지 들려 드릴 수가 있거든요. 난타 출연 신청도 해놨어요. ‘부지깽이 사물놀이’. 이게 제 신청곡이에요. 그리고 고구마를 구울 때는 제가 없으면 안 돼요. 고구마를 밑불에 묻고 20분쯤 지나 제가 눌러 봐서 말랑말랑하다거나 직접 맛을 보고서야 익은 걸 알려주는 재미가 쏠쏠해요. 일부러 세게 눌러 고구마의 속살을 제 입에 묻혀 먹는 맛은 황홀한 감칠맛, 바로 그거거든요. 어떤 땐 알루미늄 호일로 꽁꽁 싸는 바람에 감촉과 흠향만으로 맛 못 보는 아쉬움을 달래면서 문명의 야속함에 가슴이 미어지기도 하지요.

　제게도 괴로움이 있어요. 아궁이에다 비닐, 스티로폼 따위를 넣고 뒤적거리면 숨이 콱콱 막히지요. 유해 물질이 나오는 건 말할 것도 없고요. 저는 담배를 못 피우는데 담배 꽁초를 던져 넣어 그 연기를 쐴 때는 숨쉬기가 정말 괴로워요. 자리를 마음대로 뜰 수도 없으니 참을 수밖에요. 그럴 땐 아궁이 문이라도 얼른 닫아 주면 고맙지요.

하루는 세 사람이 아궁이 불을 보면서 불곁처럼 따뜻한 일이라며 얘기를 하는데, 저도 가슴이 훈훈해졌어요. 며칠 전, 달을 어루만진다는 뜻을 가진 무월리의 돌담 구경을 갔는데 어느 민박집 안주인이 차나 한 잔 하고 가라며 일행을 집 안으로 들기를 청했대요. 머뭇거리다가 들어갔는데 방으로까지 들기는 사양하고 마루에 자리를 잡자 상에 받쳐 커피를 내오고 감도 내왔대요. 커피를 못 먹는 이가 웃으면서 술은 없느냐니까 새 소주병을 들고 나왔대요. 먹다 남은 게 있으면 한 잔만 하겠다고 해도 그냥 마시라고 했대요. 아예 쑥부침개까지 부쳐 내왔다네요. 민박집을 찾는 것도 아닌 마을 구경꾼에 대한 대접치고는 아주 융숭했대요. 소주 한 병을 다 마신 뒤 기념사진도 찍고 또 애호박도 따 주겠다는 걸 마다하고 그곳을 떠나왔대요.

우리 기사님이 우리랑 이렇게 오래 지내는 게 몇십 년 만이래요. 고향에서 보낸 어린 시절 이후 처음이래요. 도시 생활 중에도 어쩌다 야간 행사의 하나로 화톳불이나 모닥불을 피워 보기는 했지만, 여러 날 지속적으로는 그 동안 해 보지 못했던 일이래요. 불을 때는 재미는 산에서 나무를 날라오고 톱으로 자를 때의 힘듦을 훌쩍 뛰어넘는 것이래요. 연기를 쐬는 것도 청솔훈제로 노화가 지연될 거라며 기염을 토하기도 하네요, 후훗. 불이 타는 것을 보는 것은 저도 좋아요. 나무가 불과 연기와 재로 바뀌는 것의 의미를 생각하게 하면서 불의 붉고 따뜻함과 너울거리는 춤과 후르륵거리는 소리, 타면서 나는 향, 고구마를 구워 먹는 맛– 가히 오감을 즐겁게 해 주는 일이 아닐 수 없대요. 밤중이며 새벽, 때때로 들여다보아야 하는 건 미미한 수고래요. 역시 우리 기사님은 불공기사님이 틀림없어요.

솔방울에 불이 붙으면 불 장미가 피어나지요. 숯과 다이아몬드는 가해진 열과 압력의 차이밖에 없다는데, 어쩌면 다이아몬드의 꿈이 숯이 아닐까요? 추위를 녹이고, 고구마나 고기를 굽고, 글을 쓰며, 그림을 그리고, 재거름이 되어 다시 푸르름을 살고 싶어서요.

백우선 | 시인

아침이면 제일 먼저 일어나 창작촌의 화목 보일러에 불을 지피는 시인. 아이들과 이십여 년 이상을 함께 살아서일까. 그의 얼굴에는 열다섯 소년이 숨어 있다. 2012년 학교를 명예퇴직하고 창작에 몰두하고 있다.

1981년 「현대시학」으로 등단했고, 1995년 한국일보 신춘문예에 동시로 당선되었다. 그동안 쓴 시집으로는 「우리는 하루를 해처럼은 넘을 수가 없다」, 「춤추는 시」, 「길에 핀 꽃」, 「봄비는 옆으로 내린다」, 「미술관에서 사랑하기」, 「봄의 프로펠러」가 있으며, 동시집으로 「느낌표 내 몸」이 있다.

외딴방의 작가들

고속도로에서 창평 IC로 나가는 길을 깜박 놓친 뒤부터 담양 창작촌을 찾아가는 초행길이 험난해지기 시작했다. 10월의 해는 짧아 초저녁부터 길은 이미 어둠 속에 묻혀 버렸고, 창작촌의 김규성 선생님은 제대로 찾아오는지 근심이 되셔서 전화를 네 번 하셨다. 잘 찾아가겠다고 안심을 시켜 드렸지만, 그때는 헤매고 있는 곳이 광주인지 담양인지도 분간이 안 갈 때였다. 내 차의 내비게이션은 고속도로 설정을 해 놓아도 톨게이트가 나올 때마다 요금을 일러주면서 나가라고 재촉해 대는 데다, 내가 모르는 목적지는 저도 모르는 이상한 기계여서 도움이 되지 않았다. 바로 그때, 바다 건너 제주도에서 소설가 오을식 선생님으로부터 전화가 왔다. 선생님은 몇 마디 말만 듣고도 내 위치를 간단히 짚어 내더니 내비게이션에 대덕면사무소를 입력하라고 하셨다. 오 선생님의 눈동자는 인공위성처럼 하늘에 떠 있었다. 대덕면사무소가 저만치 나타날 즈음 이번엔 참사랑병원을 입력하라는 지시가 내려졌다. 이제 곧 산길인데 좀 무서울 거라는 말도 덧붙여. 그러자마자 곧바로 가로등도 없는 깜깜한 산길이 구불구불 나타났다.

'무슨 팔자람. 이 밤에 왜 이렇게 낯선 곳을 헤매고 다닌단 말인가. 인생이 왜 이렇게 쓸쓸하단 말인가.'

맥락이 닿지 않는 엄살이 나왔다. 자동차의 헤드라이트가 비추는 어둠뿐, 산 속엔 아무도 없었다. 나는 바로 그 아무도 없는 어떤 장소를 고대하며 찾아가는 중이었다. 바쁘게 얽혀 살다 보면 '내가 아는 사람, 나를 아는 사람이 아무도 없는 어떤 곳'이 절실해질 때가 있다. 관계가 요구하는 온갖 자질구레한 의무로부터 풀려날 수 있고, 쉴 수 있고, 하고 싶었던 한 가지 일에 이기적인 집중을 할 수 있는 곳, 드디어 그곳으로 가고 있는데 캄캄한 산길에 들자마자 갑자기 뭣에 떠밀린 것처럼 주춤거려지고, 그냥 집에 돌아가 방도 닦고 옷장 정리도 하고 화분에 물도 주고 싶은 이상한 마음이 생기는 것이었다.

"산 다 넘었죠? 이제 들판이 나올 건데, 표지판이 아주 작아서 지나치기 쉬워요."

창작촌에 다리를 놓아 주신 죄로 오 선생님은 도착할 때까지 전화를 내려놓지 못하셨다. 말씀을 충실히 지키느라 표지판을 못 보고 지나친 뒤에 용대리 버스 정류장에서 차를 돌려 80미터쯤 되돌아갔다. 그제야 '글을 낳는 집', '세설원' 이라 쓴 작은 팻말 두 개가 나란히 눈에 들어왔다. 팻말이 가리키는 방향으로 몇 점 불빛이 보였다. 옛날이야기처럼 불빛을 향해 농로를 따라갔다. 마당에 들어서자 개들이 에워싸고 짖어 댔다. 집주인인 김규성 선생님 부부가 개들을 물리치며 맞이해 주셨다. 내가 묵을 곳은 뒷산을 향해 난 외딴방이었다. 방 앞에 켜둔 알전구에 나방들이 모여들어 어지럽게 날고 있었다. 방안엔 침대와 책상과 서랍장이 하나씩 단정하게 놓여 있을 뿐 자질구레한 물건이 없었다. 바라던 공간이었다. 어둠 속에 눕자 긴장이 풀리면서 비로소 낯선 공간을 원하던 초심이 돌아왔다. 오랜만에 맛보는 적막강산, 아무 소리도 들리지 않았다. 주인 선생님들은 말이 많지 않은 분들이었다. 안주인 김선숙 선생님이 방을 안내하고 돌아가시면서 말씀하셨다.

"바로 옆이 저희 방이에요. 무서워하지 말고 푹 주무세요."

그 말씀이 푸근했다.

영웅이, 까미! 복들아!

다음 날 아침 개들을 불러 야단치는 김규성 선생님의 목소리에 잠을 깼다. 개들은 밤새 집을 지키는 의무를 소홀히 하고 싸돌아다니다 와서 혼나고 있었다. 마당의 잔돌을 잘그락잘그락 밟으면서 부지런히 움직이는 소리, 안채에서 달그락거리는 그릇 소리, 사모님이 고양이 야단치는 소리 같은 것들이 들려왔다. 아직 대면

하지 않은 작가들이 텃밭으로 뒤뜰로 오가는 것도 느껴졌다. 이불을 감고 마음껏 게으르게 누워 있었다. 내게 고향이 있다면 고향의 아침은 이렇지 않을까. 초등학교 다닐 때 이웃 동네에 사는 계순이네 집에서 잔 적이 있었다. 차분하고 총명한 친구였다. 농사를 짓는 계순이네 집은 새벽부터 부지런히 움직였다. 식구들이 북적북적했다. 마루에 상을 세 개쯤 놓은 것 같다. 처음으로 대가족에 섞여 밥을 먹는데 어린 마음에 그것이 무척 신기하고 좋았다. 농사를 짓지 않는 우리집보다 뭔가 어른스러운 것 같았다. 창작촌의 첫 아침이 그런 느낌이었다.

아침 8시쯤 사모님이 부엌 창문을 열고 하루 먹을 반찬과 국, 찌개를 살짝 들여놓고 가신다고 해서 그 전에 일어나 방 정리를 하고 기다렸다. 도대체 이 분이 나와 무슨 상관이 있었는가, 내가 하는 일이 뭐 그리 대단한 것이라고 한 번 만난 적도 없는 분이 거저 해 주시는 밥을 앉아서 받는단 말인가. 자박자박 다가오는 발소리에 이어 가만히 창문 여는 소리를 듣고 부엌으로 나가 쟁반을 받았다. 문 여는 소리에 깼느냐고 걱정하시면서 환하게 웃는 모습이 곱고 단아했다.

나는 혼자 천천히 먹는 밥을 좋아해 여럿이 먹을 때 보다 느긋하게 많이 먹기 때문에 조심해야 하는데 정갈하고 맛깔스러워 보이는 반찬들이 예사롭지 않았다. 처음 보는 약초나물, 젓갈, 생선찜, 토란국…… 수저를 내려놓을 수가 없었다. 시금치나물, 콩나물 같이 익숙한 반찬도 질감이 달랐다.

아침마다 하루치의 밥상을 받고 이것저것 여쭐 때마다 그저 효소로 맛을 낼 뿐 특별한 방법이 없다고 쑥스러워 하시면서 내가 모르던 것들을 하나씩 일러 주셨다. 담양에서 돌아온 뒤로 나물에 마늘을 다져 넣지 않게 되었다. 마늘이 마르면서 야채의 물기를 빼앗아 질기게 만든다는 것을 알았기 때문이다. 콩나물을 무칠 때도 사모님 생각이 나곤 했다. 가르쳐 주신 대로 삶은 콩나물에 생오이를 채 썰어 함께 무치면 신선한 맛이 더해지고 아삭아삭 씹히는 느낌도 좋았다. 공덕 중에서도 큰 공덕이 먹여 주는 공덕이라고 들었다. 비가 오는 구죽죽한 오후엔 애호박 부침개 접시가 창문을 넘어왔고, 벌들이 잉잉대는 화창한 날엔 마당에 국수 점심이 차려졌다. 밤늦도록 입주 작가들과 어울려 술을 마신 다음 날 아침엔 북엇국이 속을 달래 주었다. 글보다도 음식을 배우고 싶다는 생각이 들었지만 가로거칠까 봐 말을 못했다. 날마다 약초 손질하랴, 효소 살피랴, 작가들 밥 챙기랴, 집필실로 마당으로 화덕으로 장독대로 텃밭으로 효소 창고로, 종일 사모님의 발밑에서 마당의 돌 밟히는 소리가 바빴다. 말하자면 석봉 어머니께서 떡을 썰고 계시는 거라고 웃으면서 나는 늘어지는 허리를 일으켜 세우곤 했다.

'글을 낳는 집'은 울울창창한 소나무산 아래 고즈넉한 외딴집이었다. 지난밤 내가 더듬어 온 길은 창평에서 화순으로 가는 국도였다. 큰 길로 나와 바라보면 집 앞으로 이삭이 영근 논이 펼쳐져 있고 논과 집 사이 맑은 도랑이 흘렀다. 세상에 묻히지 않게, 너무 멀찍이 물러서지도 않게 부드러운 선을 그으면서 동시에 이어주는 도랑과 들판이었다. 마당엔 된장, 고추장, 산야초 효소, 식초같이 귀한 것들이 담긴 옹기 항아리들이 늘어서 있는데, 얼핏 보아도 요즘 것들이 아니라 대를 이어 내려온 전통 옹기들이었다. 이런 살림에 쓸 청정한 석간수를 얻기 위해 사방 500미터 안에 민가가 없는 곳을 골라 긴 시간 발품을 팔았다고 했다. 그러니까 이곳이 시인 김규성 선생님을 비롯한 작가들에겐 '글을 낳는 집'이면서 약초를 연구하고 효소를 담그는 사모님의 살림터로서는 '세설원洗舌圓'이라는 이름으로 불리는 셈이었다. 좋은 이름이었다. 병이 들면 함부로 먹던 것들부터 다시 짚어 보는 법이니까. '글을 낳는 집'이란 별칭을 따로 붙일 것 없이 세설원 아래 묶여도 좋을 것 같았다. 세심하게 고르고 손질하고 묵혀 발효시키고 걸러 내는 언어 또한 혀를 먼저 씻어 내는 약초 같고 효소 같은 것 아닌가. 공들인 터전을 생면부지의 작가들과 나누는 마음은 무엇일까. 같이 글을 쓴다는 것 말고는 다른 끈이 없는 이들을 맞이하여 한 집안에서 부대끼고 사는 일, 사람을 좋아하고 여유 있게 품는 품성 아니고는 안 될 일 같다. 이 마당에 서성이게 된 인연이 새삼 고마웠다.

　내 방 앞에 아담하게 서서 단풍이 들어가는 나무는 사모님이 가장 사랑하신다는 때죽나무였다. 때죽나무 아래 흐르는 작은 계곡은 거의 말라서 군데군데 물웅덩이가 고요하고, 젖은 낙엽을 걷고 돌을 들추면 가재가 가만히 웅크리고 있었다. 여름엔 산에서 콸콸 내려오는 물이 차고 맑아 작가들이 발을 담그고 땀을 식힌다고 한다. 산책로가 좋다고 알려주신 분은 시인 백우선 선생님이었다. 오후의 햇살이 좋았다. 복들이와 까미는 장독 옆에 늘어지고 앞 논에서는 가장자리를 빙 둘러 낫질하며 콤바인이 일할 자리를 만들고 있었다. 그때 백 선생님이 구절초를 한 주먹 꺾어 들고 마당에 들어섰다. 군더더기 없는 몸집에 눈매가 순한 것을 보고 시인이라고 짐작했다. 산책로에 올라가보지 않겠느냐고 하시기에 따라갔다. 고추밭 지지대로 쓰는 쇠막대기를 들고 가는 것은 멧돼지가 나올 경우를 대비해서였다. 멧돼지를 만나고 싶지는 않았다. 게다가 산책로 초입은 미완성이어서 비탈을 미끄러지며 기어올라갔는데 내려오는 건 더 어려웠다. 잔돌을 밟고 미끄러져 발목을 부러뜨린 뒤로 나는 겁이 많아졌다. 다리는 두 번 부러뜨릴 게 못되었다. 백 선생님은 비탈을 슥슥 내려가 지난여름 내린 비에 움푹 팼다는 구덩이를 훌쩍 건너뛰었다.

"방금 제가 한 것처럼 하시면 돼요."

머뭇거리자, 좀 어려웠나? 싶은 얼굴로 되돌아와 같은 동작을 천천히 되풀이하여 보여 주셨다. 소용없는 시범이었다. 죄송하지만 손 좀 빌려 주시라 했더니 화들짝 장갑 하나를 벗어 주듯 손을 내밀어 도와주셨다. 아무도 없는 낯선 곳은 그렇게 다음 날로 끝이 났다. 통나무 다리와 계단이 생기고 산책로가 점점 자리를 잡고 편해지면서 편백숲으로 이어지는 오솔길이 내 몸에도 익었다. 김규성 선생님은 작가들에게 단풍이 아름다운 담양의 구석구석을 맛보여 주시느라 당신은 백 번도 더 가 본 곳들을 가고 또 가고 하셨다. 달빛을 애무하는 무월撫月 돌담 마을, 물 흐르는 소리가 구슬이 우는 소리 같다는 명옥헌鳴玉軒, 빨치산의 사령부가 있던 가마골, 김삿갓 선생이 즐겨 찾은 물염정勿染亭, 단풍이 붉은 적벽赤壁, 한 달 내내 담양의 멋에 취해 살았다. 누가 글을 써야 한다고 짐짓 빼면 김규성 선생님은 특유의 소리 없는 웃음을 띠고 말씀하셨다.

"이 사람아, 글을 일 삼아 쓴가? 밤에 쓰면 되지."

그것은 듣기도 좋고 즐겁기도 한 말씀이었다. 글을 낳는 집에 있는 동안 나의 과제는 청소년들이 읽을 수 있도록 노자老子를 풀어쓰는 일이었다. 아이들의 현실, 아이들이 자라는 동안 마주치게 될 수많은 상황에 힘 있는 벗이 되어 줄 노자의 매력을 짚어 내는 일은 재미있고 어려웠다. 어딜 가도 마음 한 가닥은 원고에 붙잡혀 있었다. 늦은 밤, 불 켜진 작가들의 방을 보면 짠한 동질감이 느껴졌다. 큰돈도 명예도 되기 어려운 일을, 안 써도 아무도 뭐라 하지 않을 일을, 밤잠 못 자고 붙들고 있는 건 팔자소관일 것이다.

창평 장날, 사모님이 말려 두었던 작두콩 꼬투리를 덖으러 간다고 하셔서 모두 따라갔다. 작두콩차는 비염에 좋다고 한다. 창평

장터는 국밥이 유명해서 여기저기 국밥집이었다. 작두콩을 방앗
간에 맡긴 뒤에 우리도 국밥 한 그릇씩 먹고 엿과 두부를 샀다. 창
평엿은 지나치게 달지 않고 이에 달라붙지 않는 것이 특징이었다.
엿을 먹지 않는 나도 엿 조각을 입에 물고 다녔다. 사모님께서 장
을 보는 동안 장터를 돌며 놀다가 우리는 다시 한 차를 타고 돌아
왔다. 이제 집에 가자, 집에 가서 백아산 막걸리에 두부김치 먹자,
사모님께 국수도 삶아 달라고 하자, 라고 다들 아무렇지도 않게
말했다. 오랜만에 글을 쓰고 싶다는 생각을 했다. 밖에 나갔던 식
구들이 이렇게 웃고 떠들면서 집에 돌아가는 이야기. 아침부터 저
녁까지 해결해야 할 일과 할 일들로 채워져 있는 날들, 우스갯소
리와 실없는 웃음을 섞어 버무리면서 속으로는 서로의 고단함을
알아주면서 사는 이야기.

내가 묵은 방은 때죽나무 한 그루가 지키는 외딴방이었으나 부
엌으로, 마당으로, 어린 측백들이 자라는 뒷산으로, 사람들의 마
을로, 사통팔달 이어지는 방이었다. 아무도 없는 낯선 곳이란 없
는 거였다. 나뭇잎 덮인 웅덩이 아래 가재처럼 숨어 살고 싶었던
한 달, 가장 많이 돌아다니고 가장 잘 먹고 가장 많은 이야기를 나
누면서 지냈다. 백 선생님의 시는 섬세했고 시나리오 김 선생님의
문장은 닳아빠지지 않은 뚝심이 있었다. 고구마를 캘 때도 청바지
에 선글라스를 끼고 나오는 손 선생님의 시는 현란하고 자유분방
한 수사 안에 물기를 감춰 두고 있었다. 이제 작품이 하나둘 나올

때 마다 핑계 삼아 만나서 백아산 막걸리를 나누게 될 것이다. 이 맛에 밤을 새워 자판을 두들겨 대는 거겠지. 외딴방에 스스로 갇혀 새로운 출구를 꿈꾸는 우리들의 언어를 응원한다.

최은숙 | 시인 ....

타인에 대한 따뜻한 배려, 겸손한 친절, 부드럽고 유쾌한 분위기 조성 등 각별한 사회성은 타고 나지 않으면 감히 흉내 낼 수 없는 그만의 놀라운 자산이다. 창작촌에서 지내는 한 달 내내 적극적이고 이타적인 처세에 대한 칭송은 겉으로나 속으로나 항상 입주 작가 만장일치의 외경어린 박수였다. 면벽의 치열한 수행으로도 이르기 어려운 경지를 그는 아무런 공간 속에서도 참으로 편하고 자연스럽게 누구에게나 베풀고 있는 것이다.

1990년 「한길문학」으로 등단했으며, 시집 『네가 집 비운 사이』, 『산문집 세상에서 네가 제일 맛있다고 말해 주자』, 『미안, 네가 천사인 줄 몰랐어』, 『성깔 있는 나무들』 등이 있다.

길의 안부를 묻다

E=mc²와의 대화

도무지 상상이 없는 시대다. 아니, 상상은 있되 일방적이고 권위적인 상상만 판을 치는 시절이다. 누군가 우리에게 강요한 상상, 타인의 상상을 우리의 것으로 오해하게끔 만드는 사회, 그 안에서 만족하는 우리. 이건 좀 아니다, 싶다. 다면적이지 못하고 다층적이지도 못하다. 그런 공간에선 쉴 새 없이 컨베이어 벨트 위를 행진하는 규격품들만 양산될 뿐이다. 우리가 무슨 사발면이냐, 항변하고 싶지만, 안타깝게도 많은 사람들은 자청해서, 혹은 컨베이어 벨트 위에서 떨어질까 두 눈을 부릅뜨고 앞사람 뒤통수만 바라보며 걸어가고 있는 형국이다. 안타까운 시절이다.

$E=mc^2$.

안타까운 시절에 다시 이 공식을 생각해 본다. 나는 이 공식을 대할 때마다 가슴 한편이 먹먹해지곤 한다. 지나치게 개인적인 감상일지 모르나, 나는 이 공식이 어떤 엄청난 운명론적 법칙과 그 궤를 같이 한다고 믿고 있다. 그건 단순히 이과 계열의 문제가 아닌, 인류 전 존재와 맞닿아 있는 철학적 인식이라는 철석같은 믿음.

이 공식은 우리가 잘 알고 있는 상대성 이론이다. 이 작은 문자와 기호의 조합으로 인해 인류는 이전까지는 상상도 할 수 없었던 새로운 세기를 맞이하게 되었다. 끔찍한 원자폭탄도 만들었고, 텔레비전 음극선과 새로운 에너지원도 발견하게 되었다. 또한 선사 시대 예술의 역사를 말해 주는 방사성 탄소 연대 측정법 역시 이 공식으로 인해 가능해졌다. 지난 20세기, 그리고 지금 우리가 살아가고 있는 21세기는 이 공식에 많은 부분 빚을 지고 있으며, 또 앞으로도 그 빚은 계속 늘어갈 것이다.

이 공식을 창조해 낸 아인슈타인의 위대성은, 그 누구도 관심을 두지 않았던 질량과 빛의 관계를 에너지라는 전혀 다른 차원의 성질과 연결시킨 데 있다. 이질적인 것들이 실상은 서로 닮아 있고, 상호 의존적이었다는 인식. 이것은 결코 간단한 인식이 아니다. 그의 이론에 따르면 지금 이 글이 인쇄되어 있는 이 종이 한 장 안에는 지구를 단숨에 날려 버릴 수 있는 무시무시한 힘이 숨어 있다고 한다. 인체에 전혀 해가 없는 섬유질과 잉크의 혼합물인 이 종이에 C^2에 해당하는 속도그러니까 448,900,000,000,000,000mph만 가해질 수 있다면, 이 종이는 더 이상 종이가 아닌 인류 최후의 폭탄으로 변모하게 된다는 말이다. 그 말인즉슨, 지금 이 종이가 종이로서 존재할 수 있는 것은, 단지 종이 자신의 에너지를 감추고 있기 때문에 가능하다는 말이 되는 것이다. 아인슈타인은 그것을 인식하고 상상해 낸 것이다. 남들과 다른 상상으로 이 세계 도처에 감추어져 있던 진실을, 남들보다 한 걸음 먼저 달려가 바라본 것이다.

사실, 아인슈타인은 학업 성적이 그리 좋은 친구는 아니었다. 그는 대학 시절 내내 친구가 정리한 노트를 빌려 벼락치기 공부를 했고, 학점은 6점 만점에 4.96을 유지했다이 점수는 평균에 속하는 평범한 점수였다. 또한 그는 짓궂은 농담과 잦은 결석으로 교사의 미움을 받았고, 한 교사로부터는 '넌 결코 아무것도 될 수 없을 거야!'라는 멸시에 찬 예언을 듣기도 했다. 그랬거나 말거나 그의 학업 성취도는 나아질 기미가 보이지 않았고, 잦은 결석 또한 개선되지 않았다.

그의 아버지인 헤르만 아인슈타인이 자식의 미래를 염려해 교수에게 보낸 한 통의 편지를 읽어 보면, 아아 어떻게 이런 위인이 저런 엄청난 공식을 생각해 낼 수 있었을까, 의구심이 들 정도이다. 그 편지의 일부분을 옮겨 보면 다음과 같다.

존경하는 교수님께

무례함을 무릅쓰고 감히 존경하는 교수님께 글을 올립니다. 아들의 장래를 걱정하는 아비의 심정을 너그러이 헤아려 주시기 바랍니다. (중략) 제 아들 녀석은 요즘 마땅한 일자리가 없다는 것, 또 자기 인생이 제 궤도를 벗어났다는 생각 때문에 심각한 실의에 빠져 있습니다. (중략) 혹시라도 녀석에게 이번 학기나 다음 가을 학기라도 조교 자리를 주실 수만 있다면, 감사한 마음 말로 다 표현할 수 없을 것입니다. (후략)

아버지의 이런 눈물겨운 노력에도 불구하고 편지를 받은 교수는 답장이 없었다. 그만큼 아인슈타인은 학교와 스승에게서 이미 '찍힐 만큼 찍힌' 상태였고, 그것은 그가 학문적으로 어떤 성과를 거두기 어려운 상황에 처해 있다는 뜻이기도 했다.

그럼 어떻게 그런 상황 속에서 그는 아무도 생각지 못했던 세계의 비밀을 혼자의 힘만으로 발견할 수 있었던 것일까? 그 비결은 생각보다 아주 간단한 곳에 숨어 있었다. 그건 그의 전기를 조금만 눈여겨보면 쉽게 찾을 수 있는 생의 비밀이기도 하다.

대학을 졸업하고 취직도 못하고 있는 아인슈타인을 보다 못한 친구 마르셀 그로스만은, 그를 특허국 하급 직원으로 취직하게 도와준다. 그가 일하게 된 특허국은 물리학과는 아무런 상관도 없는 곳이었다. 늦은 퇴근 시간으로 인해 도서관 또한 이용할 수 없는 환경이었다. 결혼도 했고, 아이도 두 명이나 있는 상황. 공부는 무슨 공부인가. 그가 할 수 있었던 것은 고작 쉬는 시간에 혼자 사무실 책상에 앉아 업무와 상관없는 메모를 하는 것과, 휴일 오후 도

심 변두리를 홀로 산책하는 것, 오직 그것뿐이었다. 그 시절이 근 4년이었다. 메모와 산책으로 이루어진 4년. 그리고 바로 그 산책 중에 그는 그 무시무시한 공식을 발견해 낸 것이다. 그렇다면 답은 뻔한 것이다. 오늘날 인류의 위대한 발견 중 하나로 꼽히는 상대성 이론은, 결코 실험실이나 도서관에서 얻어진 산물이 아니라는 것, 그건 오직 한 사람의 산책 중에 나왔다는 것. 그가 산책 중에 무엇을 했겠는가? 혼자 산책을 하면서 체스를 두었겠는가, 아니면 바느질을 했겠는가. 당연, 상상밖에 할 일이 무엇이 있었겠는가! 그러니까 모든 힘은 바로 상상에서 나왔다는 것이다.

그러면 뭐냐? 산책을 하자는 말이냐?

맞다. 내가 이 글에서 말하고자 하는 핵심은 바로 산책이다. 산책이 없는 시절이다. 산책이 없기 때문에 상상도 일방적이고 권위적일 수밖에 없다. 상상할 시간을 기를 쓰고서라도 확보하지 않으면, 우린 그저 컨베이어 벨트 위를 걸어다니는 사발면이 될 수밖에 없다는 말이다.

몇 해 전, 이런 경험이 있었다. 소위 글을 쓰면서 먹고살겠다고 다짐한 놈이, 글은 제대로 쓰지도 않고 이리저리 방황하는 것이 안쓰러웠는지, 대학 은사님이 반강제적으로 나를 용인 어느 외딴 집에 '가둔' 적이 있었다. 그곳에서 작심하고 글 좀 써 보라는 배려의 차원이었다. 대하기 어려운 은사님의 배려인지라 거절하지 못하고 외딴집으로 들어가긴 했으나, 이것 참, 한숨이 절로 나왔다. 민가라고는 모두 합해 다섯 집을 넘지 않았고, 슈퍼도 없고, 호프집도 없는 곳이었다. 버스도 하루 네 차례밖에 오지 않는 시골 중에서도 최상급 시골에 속하던 곳지금은 그렇지 않지만 당시엔 휴대 전화마저도 터지지 않는 곳이었다. 텔레비전이 한 대 있긴 있었지만, 아아 그건 그저 24시간 내내 어지러운 주사선만 방영되던 텔레비전이었고, 초고속 인터넷도, 심지어는 FM 라디오도 제대로 잡히지 않는 곳이었다.

서울에서 늘상 인터넷과 게임, 케이블 방송을 끼고 살았던 나였기에, 처음 한 달 동안은 숨이 턱턱 막힐 정도로 하루하루가 갑갑하고 시간은 느리게만 흘러갔다. 어떻게 이곳에서 도망칠 수 있을 것인가, 홈페이지엔 어떤 새로운 글이 올라왔을까, 핑클 4집이 나왔다는데……. 글은 한 자도 쓰지 않고 나는 계속 그런 고민에 골몰했다 실제로 몇 번 그곳에서 도망치기도 했다. 그러나 채 사흘도 되지 않아 대학 은사님의 손에 잡혀 다시 끌려 들어가곤 했다.

그곳에서의 일상은 아침 먹고 산책, 점심 먹고 산책, 저녁 먹고 산책뿐이었다. 그것 이외에 할 일이라곤 아무것도 없었다. 보이는 건 산과 들뿐, 사람도, 광고판도, 잡상인도 만날 수 없었다. 아, 산책 중에 길 잃은 개 한 마리라도 만나면 얼마나 반가운지, 개 앞에 쪼그리고 앉아 주저리주저리 한참 동안 잡담을 늘어놓았던 기억도 새록새록 떠오른다 개는 멀거니 나를 바라보다가 그냥 가던 길을 가버렸다. 오로지 자연과 나, 단 둘만이 남겨진 듯한 지구, 그 지구 위에서 단 둘만이 대화하는 산책이었다.

처음, 얼마 동안은 주로 서울에 남겨둔 것들에 대한 상상을 했다. 통장 잔고와, 등록금 고지서와, 부모님 생신과, 스타크래프트 전적 같은 것들 말이다. 그건 사실 상상이라고 말할 수도 없는 상상이었다. 그것은 이미 정해지고, 고착화된 상상들이었다. 틀 안에서 벗어나지 못하고, 그래서 아무 느낌이나 흔적 없는 상상들. 대화할 수 없는 상상들.

그런 생활이 세 달 넘게 이어졌을 무렵, 내 안에서 무언가 작은 변화들이 생기기 시작했다. 이전까지 보이지 않던 들에 핀 흰괭이밥이 보이기 시작했다. 흰괭이밥을 필두로, 홍자색 취란화와 깽깽이풀이 보였고, 할미꽃과 개망초가 눈에 들어오기 시작한 것이다.

그 앞에 머무는 시간이 많아졌고, 그것들의 이름을 알아내기 위해 백과사전을 들춰보는 시간이 늘어났다. 그리고 그 다음부터……나는 무언가 내 안이 잠잠해진 것을 느낄 수 있었다. 그것은 단순히 들꽃들이 내게 준 침묵은 아니었다. 그것은 어찌 보면 쓸모없는 지식들이 내게 준 삶의 여백 같은 것들이었다. 그들이 내 안에서 독소를 뽑아내고, 나를 전혀 다른 층위의 상상으로 이끈 것이다. 통장 잔고와 등록금 고지서가 아닌, 이 세상 쓸모없는 것들과의 대화, 침묵하고 있는 것들과의 대화, 내 상상이 바로 그쪽으로 옮아간 것이었다.

내가 다시 글을 쓰게 된 것은, 내 주위의 모든 들꽃들의 이름을 알게 된 날, 바로 그 날부터였다.

보지 않았어도 뻔하다. 아인슈타인은 에너지와, 빛과, 질량과, 대화를 시도한 것이리라. 그는 그 침묵하고 있던 친구들을 자신의 상상 속에서 불러내어, 그들에게 도원결의를 맺어 주고, 그들과 어깨동무를 한 것이다. 그리고 사진을 찍은 것이다. 자, 치이즈, 하세요. 자, $E=mc^2$, 하세요. 찰칵.

그는 그렇게 산책 중 에너지와, 빛과, 질량과 사진을 찍은 것이다. 물론 그의 상상 속에서 말이다.

이즈음은 뭐랄까, 가히 '스마트폰' 세상이 도래한 느낌이다. 지하철을 타도 사람들의 시선은 모두 그쪽으로만 가 있다. 길거리에도 온통 손 안으로 고개를 숙인 사람들뿐이다. 사람들은 그것에서 정보를 얻는다. 정보는, 우리와 전혀 대화하려 하지 않는 친구들이다. 그들은 일방적으로 우리를 훈계하고 가르치려 할 뿐이다. 그렇기에 우리는 그들 옆에서 결코 우리들 자신만의 상상을 할 수 없는 것이다. 상상 없는 사회, 상상을 못하게 만드는 사회.

그러니 어쩌겠는가. 의도적으로라도, 필사적으로라도 우리는 산책을 해야 하지 않겠는가. 이 글을 읽고 있는 당신 또한 당신 자신의 몸속에, 당신의 $E=mc^2$를 숨기고 있는 것이 분명하니, 이제 그들을 불러내어 대화해야 하지 않겠는가.

이기호 | 소설가

겉으로는 말없고 수줍은 만년 소년인데, 작품을 보면 그 변화무쌍한 말발과 종횡무진의 상상력을 교직하여 능치는 묘미가 사뭇 놀랍다. 종일토록 숨소리 하나 밖으로 새어 나가지 않을 만큼 창작에 몰입하는 에너지는 부럽다 못해 불가사의하다. 더부룩한 곱슬머리에 천진하면서도 환한 미소가 참 매력적이다. 분위기 타고 제대로 말문이 터지는 날이면 아무리 날밤을 새도 그와의 대화는 질리지 않을 것만 같다.

1999년 「현대문학」으로 등단했으며 이효석문학상을 수상했다. 소설집 『최순덕 성령충만기』, 『갈팡질팡하다가 내 이럴 줄 알았지』, 산문집 『독고다이』 등이 있다. 현재 계간 「문학들」 편집위원이며, 광주대학교 문창과 교수로 재직 중이다.

겨울산행의 더운 꿈

내가 러시아 문학을 좋아하는 까닭의 하나에 북국의 설원이 있다. 가령 파스텔나크의 닥터 지바고에 나오는 시베리아의 겨울이라든지 톨스토이의 『부활』에 나오는 시베리아 유형의 행렬이라든지 『전쟁과 평화』에 나오는 나폴레옹의 패주의 눈길 등 하얀 눈에 덮인 끝없는 대륙의 큰 공간은 나의 마음속에 큰 낭만과 연결되어 있다. 너무 작은 것에 얽매인 나의 일상에 있어서 러시아의 설원은 자유의 상징이고, 희망의 향방이고, 해방의 지평이다. 러시아 문학 속에 대륙의 겨울은 나의 상상력을 무한하게 넓혀 준다. 거긴 젊음이 있다. 행동이 있고 사상이 있고, 동경이 있고, 고뇌가 있다. 영하 50도의 혹한을 같이 큰 눈에 대한 나의 갈증은 시베리아에서 히말라야로 연결되기도 한다. 시베리아 대륙의 설원이 나의 정신적 체중이라면 히말라야의 눈은 그 신장이다. 나의 신장은

만년설이고 몽블랑이고 설산이다.

작은 나라 그 절반의 수도 서울 최저 기온 영하 15도의 추위 엄살이 대단하다. 그 사이 볼품없이 작은 눈이 내렸다. 그 일에 작은 나라 신문 방송은 신이 났다. 연일 눈길 사고 소식, 수도관 동파 사고의 통계가 발표되고, 때로 교통 통제가 시행되고, 병원은 감기 환자로 만원 현상이 계속 보도되고 있다. 스위프트의 『걸리버 여행기』속 소인국 같다. 그 소인국 기상 생활은 서울 중심이라 전국은 서울 예보에 의존한다. 전국이 사실상 서울 기상 예보권 안에 있다 그래서 서울에서 발생하는 겨울 사고는 그대로 광주에 연결된다. 서울과 광주의 기온의 차는 대개 5도이다. 따라서 서울 기온이 영하이면 광주는 영상일 때가 많다. 그럼에도 불구하고 우리는 서울 사람과 같이 떨고 서울 사람과 같이 입고 서울 사람과 같이 엄살을 한다. 그들처럼 병원에 간다. 서울 기온은 사실상 광주의 표준 온도다.

요즘 무등산 국립공원 지정이 거리의 화제다. 지난 주말 그 작은 무등산 서석대 산행을 하는 날이었다. 산행하면서 나는 별로 기온에 개의하지 않는다. 까닭이랄 것도 없지만 산에 가면 10도 정도의 기온 차는 느낌이 없다. 도심의 거리 기온과 서석대 기온은 체감 온도까지 합치면 보통 10도 차는 난다. 그러니까 도심 온도가 영하 9도이면 서석대 기온은 영하 20도는 된다. 그날은 이유 없이 몸이 가벼웠다. 아마 금년 들어 가장 추운 날이기 때문일는지 모른다. 서석대의 산길은 눈길이었다. 산길은 눈으로 덮여 있고 등산객의 왕래로 다져진 온 길이 모래밭과 같았다. 이른 시간이라 사람도 없었다. 서석대에 사람이 없으면 나는 소리를 지른다. 서너 번 소리를 지르면 스스로 흥이 나 입석대로 내려서고 가속이 붙으면 곧 장불재, 그리하여 발의 자동 엔진은 중머리재로 달린다.

장불재에서 중머리재까지의 눈길 산행이 결코 만만한 거리는 아니다. 그것은 만나는 등산객의 수를 보아도 알 수 있다. 평소보다 알게 수가 적다. 그러나 적은 수보다도 더 재미있는 것은 만나는 사람들이 겁이 없기 때문이다. 그들은 별로 장비 없이 오르는 무모한 젊은이들로 아이젠을 끼지 않은 사람들도 있다. 평소 증심

사 주차장에서 만나는 사람들의 등산 장비는 그 등산복이며 스티크 배낭 등 요란하기가 히말라야 산행 수준이다. 그리고 그 사람들은 대개 중머리재가 한계다. 나는 산길에서 만난 무모한 젊은이들이 좋다. 등산보다 그들은 아마 하산하면서 고생할 것이다. 작은 산이지만 겨울 무등산은 결코 자애로운 어머니가 아니다. 만일 그들의 무모가 서석대에 이르면 그 산행이 마지막이 될는지 모른다.

나의 산행도 그날 너무 무모하였다. 새인봉에서 발이 휘청거렸다. 분별없이 왜 그렇게 무리를 하는 것일까. 그 까닭은 아마 광주에 드문 영하 9도의 추위 때문일 것이다. 산상 온도 영하 20도의 혼자 산행은 시베리아의 느낌이기도 하다. 저주가 분명한 나의 산행의 꿈 가운데 시베리아 겨울 횡단이 있다. 영하 50도의 겨울에 시베리아를 횡단하면서 톨스토이의 카츄샤를, 닥터 지바고를, 군기를 불태우는 나폴레옹의 절망을 만나는 나의 더운 꿈이 있다.

범대순 | 시인

오늘도 무등산에 가면 성성한 백발에 구레나룻이 한결 매력적인 할아버지 등산객을 만날 수 있을 것이다. 니체의 자라투스트라를 연상케 하는 만년 청년 시인의 사자후는 팔순을 지났어도 오히려 더 활달 명료하여 일순 후배들을 채찍질하며 긴장시킨다. 두루 감싸듯 어울리면서도 자기 세계만은 근엄하고 의연하게 지켜 가는 지사적 선비의 전범이다.
전남대학교 명예교수이며, 문학 관련 저서로는 시집 『흑인고수 루이의 북』, 『기승전결』, 『이방에서 노자를 읽다』, 『아름다운 가난』, 『나는 디오시소스의 거시기다』, 『북창서재』, 『파안대소』, 『산하』, 시론집 『백지와 기계의 시학』, 『트임의 미학』, 에세이집 『눈이 내리면 산에 간다』, 『범대순 전집』 등이 있다.

낯선 길에 대한 단상들

울고 싶은 재미에 하루를 살았다

구스타프 말러가 그랬다지. 삶도 어둡고 죽음도 어둡다고. 그때 내가 딱 그랬어. 모든 게 막막하고 어두웠지. 그게 누구에게나 인생에 한 번쯤은 찾아온다는 데드라인이라는 것을 몰랐었어. 그때가 바로 내게 시시각각 다가온 '데드라인'의 시간이라는 것을 전혀 눈치 채지 못했어. 이십대엔 세상 모든 일이 다 가능할 것처럼 착각하다가 삼십대에 이르면 친절한 시간들이 느닷없이 '목을 조르기 시작'한다는 것을, 청춘을 바친 가족과 결혼과 일에 대한 의미와 가치가 뿌리채 흔들리는 위기감을 느끼게 된다는 것을 말이야.

아무도 인정해 주지 않는 발작과도 같은 싸움을 혼자 하면서, 나는 강해지기보다는 약해졌고, 밖으로는 으르렁거리면서 안으로는 꺽꺽대며 울었어. 전의에 불타면서도 정작 허물어지는 자신의 내부를 돌아볼 여유가 없었지. 나는 왜 그토록 쓸쓸하고 외롭고 막가는 싸움을 한 것일까. 삶의 방향을 잡아 주는 나침반이 고장 났다면 그냥 버리면 될 일을 가지고 주저앉아 징징거린 걸까. 마음에 들지 않는 사람이 있으면 우아하게 엉덩이를 걷어차 주면 그만인 일을 가지고 왜 너는 내가 아니냐며 바락바락 싸웠던 걸까.

나는 나만 별스러워서, 까다로워서, 성질이 더러워서, 심보가 고약해서, 막돼먹어서, 그렇게 발광을 하는 줄 알았지. 생의 중반쯤 이르면 누구나 견고하다고 믿은 자신의 세상이 알고 보니 '총체적 날림 공사'로 지어진 부실한 성城이라는 것을 깨닫는다는 걸, 그래서 언제든지 한순간에 박살이 날지도 모른다는 공포에 떤다는 것을 몰랐던 거야.

그 모든 것들이 데드라인의 공포에서 도망치려는 아등바등이라는 것을 몰랐던 거야. 십대 아이들만 정체성의 위기를 겪는 게 아니라는 걸, 어른도 끊임없이 성장통을 겪는다는 것을, 그때 나는 몰랐어. 연애하고, 결혼하고, 아이를 낳고, 집을 사고, 자가용을 바꾸고, 그렇게 살다 가는 게 인생이라고, 목구멍이 포도청이라고, 포도청만 잘 지키고 사는 것만도 어디냐고. 그렇게 이십여 년 가까이 자신에게 공갈과 사기를 치고 협박을 해 가며 살았지.

너무도 오랫동안 사기를 쳐서 어떤 게 진실이고, 어떤 게 거짓인지 헷갈리곤 했어. 그렇지만 말이야. 현실적인 맥락에서는 점점 더 무력해지고 동시에 내면에서는 갈수록 분노와 악에 치받치는 나 자신이 문제 있는 인간이 되어 가고 있다는 것만은 또렷이 알수 있었어. 그때는 세상과 사람과 관계에 대해 수동적인 무력감과 동시에 공격적인 적개심을 느끼는 게 우울증의 전형적인 징후라는 것을 까맣게 모르고 있었어. 절대로 인정하고 싶지는 않았지만, 한 마디로 나는 '앓고' 있었던 거야.

그런데, 그런데 말이야. 데드라인에 딱 걸리니까, 안에 있는 것을 토해 내지 않으면 안 되겠더라고. 거짓말처럼 들리겠지만, 생전에 한 번도 가 본 적 없는 인도의 콜카타라는 곳이 밤에 술꾼을 유혹하는 카바이드 불빛처럼 흐리멍텅한 내 의식에 반짝 불을 켜고 손짓하는 걸 느꼈어. 나중에 상상도 못할 어떤 비싼 대가를 치른다 하더라도 지금 이곳을 떠나 저 멀리로 가고 싶다는 마음속 떨림을 느꼈지. 마치 젖은 손으로 전기를 만진 것처럼 핏대를 타고 전율이 찌릿찌릿 올라오더라고. 인도가 내게 속삭이는 소리를 들었어. 이제 그만 헛된 싸움을 중지하고 떠나라고. 이제 그만 떠날 때가 되지 않았느냐고. 그저 인도印度가 인도引導하는 대로 따라가 보라고. 일단 그 길을 따라가 보라고. 그렇게 나는 벵골의 밤속으로 천천히 따라 들어가기로 마음을 먹게 되었어.

벵골의 우기雨期

아무것도 할 수 없고, 아무 일도 하지 않고, 아무도 만나지 않고, 아무도 불러 주지 않는, 그 외롭고도 무료하고도 비에 젖은 벵골의 야릇한 비애悲哀의 시간이 깨가 쏟아지게 오지고 좋았어.

비가 잠깐 멎은 뒤에 공기를 뜨겁게 달구는 해가 떠서 마치 습식 사우나 같은 벵골에서 나는 하염없이 땀을 흘렸지. 땀으로 미끄덩한 몸, 땀으로 번질거리는 몸, 눅눅하고 끈적끈적한 몸, 그 축축한 몸이 징그럽기보다는 편했어. 숨을 쉬면 단내 같기도 하고 비린내 같기도 한 입 냄새가 났지. 뜨거운 날숨 냄새가 코끝에서 헐떡였어. 숨결 냄새를 제대로 맡아본 게 얼마 만이었던가, 까마득하더군.

언제부턴지, 슬픔보다는 분노가, 고통보다는 비명이, 절망보다는 욕설이 먼저 심장을 건너 뛰어 입 밖으로 튀어나올 때마다, 힘이 들었었어. 이게 아닌데, 하는 저릿한 후회는 매번 뒤통수를 쳤지. 습기가 없는 메마른 강성의 감정들은 잘못 튀어나온 뼈들처럼 내 정신을, 몸을 찔러 댔었어. 떠나오기 전 그곳에서는.

열탕 지옥과도 같은 벵골에서 선풍기도 부채도 없이 몸속 물관을 따라 차오르는 습기를 즐겼어. 메마른 정신의 잎맥까지 통통히 물이 차오르길 바랐지. 치마처럼 넓은 잎사귀가 찢어지도록 쏟아지는 빗줄기에도 완강하게 물관을 채우는 저 망고나무처럼, 등짝을 채찍으로 갈기듯이 세차게 내리는 빗줄기 속에서도 건강하게 자라나는 저 거리의 아이들처럼. 뜨겁고 거센 빗방울로 숨을 쉬던 벵골 보리수나 벵골 호랑이처럼. 나는 그렇게 강하고 튼튼하게 버티고 싶었어.

나무늘보의 삶을 따라가다

나는 느려터지고 물러터진 이곳의 시간이 너무 좋았어. 사람에게 둘볶일 일 없는 고즈넉한 일상이 행복했어. 비가 오면 처마 밑으로 낙숫물 떨어지는 소리에 귀를 열어 두고, 햇빛 좋은 날엔 이불을 빨아 햇빛 향기 속에 꾸덕꾸덕 말라가는 것을 마냥 지켜보았지. 누구의 발자국도 닿지 않은, 오랫동안 잊고 지낸 내 안의 뜨락, 그 안으로 마치 첫눈이 내리듯, 사탕수수를 빻아 갓 정제한 설탕가루처럼 희디흰 햇빛이 쏟아지는 인도의 마당에서……

감자 두 알을 썰어 카레를 만들고, 밀가루 한 줌으로 둥글고 넓적한 빵을 구워서 끼니를 해결했어. 양파와 매운 고추와 오이로 만든 샐러드에 레몬 한 알을 까서 시큼한 즙을 뿌려 먹으면 아무리 더운 열기도 금세 사라졌지. 아침에 한 잔, 정오에 한 잔, 석양 무렵에 또 한 잔, 짜이를 마시면 몸이 달콤하게 젖어 갔지.

정전이 잦은 이곳 마을의 불빛 없는 밤하늘을 올려다보곤 했어. 사파이어보다 더 푸르게 반짝이는 별들이 눈썹 끝으로 우박처럼 우르르 쏟아지는 것만 같았어. 그 빛이 너무 크고 빛나고 시려서 눈을 감고 말았지. 페르시아 사람들은 하늘이 파란 이유는 하늘 저편에 거대한 사파이어가 빛나고 있기 때문이라고 믿었다지.

자신의 내부에서만 의미를 갖고 밖의 물리적이고 계량적인 네모반듯한 시계와는 달리 스스로 만든 시간 속에서 둥글게 침묵하는 소프트 워치가 있는 이곳, 나는 그 마을의 한 구석에 뜨거운 뙤

하지만 나는 이제 알아. 오래 버티는 희망도 없지만 끝까지 가는 불행도 없다는 것을 말이야. 어떤 철학자가 말한 것처럼 주름살은 상처가 아니듯이 늙음은 병이 아니며, 상처는 삶이 주는 가장 깊은 문신이라는 것을 말이야.

약볕을 고스란히 받고 멍하니 입 벌리고 있는 붉고 허름한 우체통처럼 텅 비어 있는 시간이 나는 좋았어.

그토록 좋아하는 술은 어떻게 참았냐고? 밀주를 파는 가게 하나쯤은 있는 마을이라는 것만 알려 줄게.

매직 아워 Magic Hour

어둠을 젖히고 보랏빛 섞인 진한 파란색 하늘이 드러나는 새벽녘을 매직 아워라고 한다지. 하늘은 동 트는 빛으로 밝아오지만 땅은 먹물 빛으로 여전히 어두운 시간. 그 매직 아워에 역사驛舍 밖 어슴푸레하던 낡은 건물과 사람들이 점점 제 모습을 뚜렷하게 드러내는 것을 보았어.

철도 파업으로 인해 저녁 8시에 떠나기로 한 기차는 오지 않았어. 10시간째 불빛이 희미한 비좁은 대합실에 앉지도 눕지도 못한 채 오도카니 서서 기차를 기다리다 맞이한 새벽녘, 그 매직 아워의 쓸쓸함이라니. 10시간째 오지 않는 기차를 기다리면서도 아무런 불평도 하지 않고 묵묵히 기다리던 인도 사람들의 무지막지한 인내심이라니. 잠을 설쳐 벌개진 눈알로 스며들던 보랏빛의 서늘함이라니. 하룻밤 새 한 뼘은 줄어든 내 그림자의 수척함이라니. 늙수그레한 짜이왈라가 파는 뜨끈한 커피 한 잔이 빈 위장으로 흘러 들어갈 때의 그 찌릿한 황홀감이라니. 사막처럼 건조한 기다림 끝에 검게 번들거리는 침목을 삐거덕거리며 달려오던 새벽 기차의 아름다움이라니.

인도가 아니라면 경험하지 못할 매직 아워였지.

투씨 로마, 투씨 로마

북인도의 라다크에서는 죽은 자를 화장하기 전에 승려가 망자
에게 『티베트 사자(死者)의 서(書)』를 읽어 주지. 망자의 영혼이 극
락정토에 도달하는 것을 돕는 독경 소리가 망자의 집을 가득 채울
때 가족과 친척과 친구들은 죽음을 애도하는 눈물을 흘리며 곡을
하지.

"투씨 로마, 투씨 로마⋯⋯."

곡소리의 뜻은 "가을에 지는 잎새 같은, 시간의 잎새."

이토록 시적이고 은유적인 곡哭이라니.

오래 버티는 희망도 없지만 끝까지 가는 불행도 없다

누군가 말했다지. 여행이란 익숙한 조건에서 낯선 조건 속으로
존재를 밀어 넣는 일, 그래서 존재 앓기를 하는 일이라고. 익숙하
던 일상이 불현듯 뜯겨 나가는 것, 예측 불가능한 순간과 매번 정
면 대결하는 것, 갑작스런 풍경이 솥뚜껑 속 닭이 살아 튀어나오
듯 눈앞에 펼쳐지는 것을 경험하는 것이 바로 여행.

선 채로 오지 않는 기차를 밤새 기다리는 것, 매혹적인 불안을
즐기는 것, 낯선 세상의 무례를 겸허히 견디는 것, 이별을 즐기는

것, 밥 잘 먹고 똥 잘 싸고 잠 잘 자는 것이 얼마나 축복인지를 깨닫는 것, 미워한 사람들이 무지무지 애틋해지는 것, 신문에 어떤 기사가 났는지 알 수 없는 것, 세상은 넓고 사람은 다양하다는 것을 아는 것, 예전과 생판 달라진 나를 만나는 것, 무엇보다 자신의 한계를 발견하는 것, 그것을 경험하는 것이 여행이라는 걸 알게 되었어.

물론 길고도 긴 인도 여행을 하고 돌아온 뒤에도 불안은 내 가련한 영혼을 게걸스럽게 먹어 치우고 있고, 우울 역시 여전히 내 낡은 심장을 들볶고 있어. 지긋지긋한 일상과 복잡다단한 관계는 언제 그랬냐는 듯이 한 치의 착오도 없이 제 자리를 잡았지. 스트레스에 더 취약해졌고 일이 뜻대로 풀리지 않으면 머리 뚜껑이 열리는 데 일 초도 걸리지 않았어. 이별 앞에선 자학을 일삼으며 더 징징댔고 돈 앞에선 더 졸렬해졌지.

하지만 나는 이제 알아. 오래 버티는 희망도 없지만 끝까지 가는 불행도 없다는 것을 말이야. 어떤 철학자가 말한 것처럼 주름살은 상처가 아니듯이 늙음은 병이 아니며, 상처는 삶이 주는 가장 깊은 문신이라는 것을 말이야. 된통 홍역을 치르고 나면 평생 면역을 얻게 되어 다시는 홍역을 반복하지 않게 되듯이, 존재 앓기를 제대로 하고 나면 앓는 것만으로는 죽지 않는다는 사실을 깨닫게 된다는 것을 말이야. 무엇보다 여기서 살다가 수틀리면 떠날 수 있는 저기가 지천으로 널려 있다는 것을. 여행은 남는 장사라는 것을. 그러니까 어떻게든 살아야 한다는 것을 말이야.

이화경 | 소설가

최근에 펴낸 그의 수상집 『버지니아울프와 밤을 새다』에 등장하는 시몬 드 보부와르와 조르주 상드, 거기에 한나 아렌트를 합성해 놓으면 웬만큼 그의 이미지에 맞아 떨어질까. 아무튼 그를 이루는 원소의 반쯤은 불과 칼, 바람일 성싶다. 조신한 내밀과 직정적 외향이 살갑게 동거하는 불가사의. 감당키 어려우리만치 이지적이면서도 핸드폰 벨소리에는 구성진 뽕짝 가락을 저장해 놓은 이미지의 배반(?)이 가까이 갈수록 놀랍다.

시인으로 출발하여 소설, 수상, 평론 등 다방면에 걸쳐 탄탄한 중견으로 왕성하게 활약 중인 그는 1997년 『세계의 문학』으로 등단했으며, 장편소설 『수화』, 『나비를 태우는 강』, 『그림자 개』, 『꾼—이야기 하나로 세상을 희롱한 조선의 책 읽어 주는 남자』, 산문집 『화투 치는 고양이』, 『울지 마라, 눈물이 네 몸을 녹일 것이니』, 『조지아 오키프 그리고 스티글리츠』, 『버지니아 울프와 밤을 새다』, 평론집 『이상 문학에 나타난 주체와 욕망 연구』 등이 있다. 현재는 광주대학교 문창과에 출강하며 신작에 흠뻑 빠져 있다.

느림에 관한 몇 가지 단상

1.

영종대교 기념관에 가면 '느린 우체통'이 있다. 한번 가 보았다. 왜 느린 우체통인가? 그 우체통에 넣은 편지는 1년 뒤에야 수신인에게 도착한단다. 누구에게? 무슨 내용을 적어서? 자신에게 보내는 것도 나쁘지 않겠군, 중얼거리다 그곳을 떠나왔던 것으로 기억한다. 결국 눈앞에 있던 우체통에는 아무것도 넣지 못했다. 편지를 보낼 사람이 없거나, 엽서가 없거나, 그 주위를 서성거릴 시간이 없거나, 그런 이유가 아니었다. 단적으로 말하자면 여유가 없었다는 편이 옳다. 흔히 '속달'이라고 불리는 빠른 우편들, 혹은 손전화가 일반화되기 이전의 전보까지, 대체로 우리는 빠르지 않은 것들을 선호하지 않는다. 어쩌면 느리다는 것은 '불편하다'의 다른 뜻이기 때문이다.

1–1.

그렇다면 '느린 우체통'은 무엇 때문에 만들어진 것인가. 1년 뒤에 도착한다는 그 '느린 우체통'의 '기능'은 빠르게만 전달되어야 하는 일상 이외의 그 무엇인 셈이겠다. 이쯤에서 간단한 상상이 필요하다. 가령 내게 주어진 삶이 1년도 채 남지 않았다거나, 삶이 어떤 변혁기에 들어서서 1년 뒤엔 엄청난 변화가 있을 것이 자명하다던가, 그것도 아니라면 아직 태어나지 않은 1년 뒤의 아기를 소망하는 등의 소박한 상상도 괜찮겠다. 만약 내가 상기한 처지의 사람 중 하나였다면, 그 '느린 우체통'에 무언가 넣고 올 수도 있지 않았겠는가. 그러니 우리에게 빠르고 느린 것은 당연히도 상대적이다.

1–2.

실직을 걱정하는 나는 사십대다. 슬슬 변화가 두려워지는 나이이기도 하다. 1년 쯤 휴직한다고 굶기야 하겠는가, 혹은 세상이 달라지거나 뒤집어지겠나, 입으로는 호언하지만 이 여유 없는 쳇바퀴에서 벗어나는 일이 실은 두려운 것이다. '느린 우체통'에 넣고 오지 못한 것은 어쩌면 '편지'가 아니라 시간에 대한 일종의 '두려움'이었을지도 모른다.

2.

　'작년에는 아무 일도 없었다. 재작년에는 아무 일도 없었다. 그 전 해에도 아무 일도 없었다.' 다자이 오사무의 「사양」에 나오는 글이다. 도시에서 태어나 도시에서 살아간다는 것은 불균형을 불균형으로 여기지 못하는 불감증에 걸린 사람으로 살아가는 것이라 보아도 좋겠다. 왜 시를 쓰느냐고 누군가 내게 물어 온 적이 있다. '불안해서요.' 라고 나는 대답했던 것으로 기억한다. 삶에 대한 불안이 시를 쓰게 했지만 이젠 시를 쓰지 않는 시간이 불안해서 견디지 못하는 지경이 되었다. 당연히 내게 주어진 모든 책무는 정해진 범위 내에서 신속하게 이루어져야 하고, 아무 일 없이 흘러가는 시간을 용서할 수 없는 강박에 시달리기도 한다. 그럼에도, 그럼에도 불구하고 돌아보면 정말 우리에겐 '아무 일도 없었다.'

2-1.

　정말 아무런 일도 우리에겐 없었던 것일까. 아무 일도 없었던 것을 감사라도 해야 하는 것일까. 가령 죽음이라던가, 사랑이라던가, 우리의 감정을 휩쓸고 지나가는 어떤 사건 이외에 그렇다면 특정하게 지목하여 무어라 얘기할 수 없는 우리의 그 긴 시간은 무언가. 우리의 일상에 바쳐진 그 긴 시간, 빨리빨리를 수없이 외쳤던 그 긴 시간. 생각보다는 행동이 많았던 그 긴 시간에 왜 '느림'은 어느 곳에서도 제 자리를 찾지 못했을까. '느림'은 정말로 우리의 곁에서 멸종된 것인가.

3.

5분 빨리 가려고 뛰는 전철역의 사람들, 커피가 다 나오기도 전에 자판기 안쪽을 몇 번이고 들여다보는 사람들, 10분마다 작업의 완성을 묻는 상사, 3G의 로딩 속도를 못 견디는 사람들. 비단 사람만이 아니다. 매일마다 '빠름 빠름 빠름'을 외치는 통신사 광고, 주문 시간 30분이 넘어가면 환불을 해 준다는 피자. 그뿐인가. 에스컬레이터, 엘리베이터, 자동차, 기차 우리 주위에 산재한 모든 문명의 이기들이 빨리빨리를 외친다. 1년보다 한 달이, 한 달보다 하루가, 하루보다는 한 시간과 몇 분과 몇 초가 우리를 쥐고 좌지우지한다.

3-1.

이쯤 되면 빨리빨리를 외치지 않는 사람이 이상한 사람이다. 만일 속도에도 중도가 있다면 우리의 중도는 느림보다는 분명 빠름 쪽에 기울어져 있고, 빠름 쪽으로 기울어야 균형을 이루었다고 느끼는 우리는 결국 이상 균형 감각을 지닌 환자가 되어 있는 셈이다. 이렇게 서둘러서 나는 어디로 가고 있는 것인가? 도무지 생각해 보지 않을 수 없다. 산에는 오로지 정상만 존재한다는 심정으로 산을 오르는 일을, 나는 얼마나 수없이 거듭해 왔는가. 내려올 때의 목적지는 오로지 집이었으며, 조금이라도 일찍 도착하기 위해 애썼던 경우는 또 얼마나 부지기수로 많았던가.

4.

내려갈 때 보았네
올라갈 때 보지 못한
그 꽃

4-1.

눈이 아니라 결국 마음으로 보는 일이다. 당연히도 목적만을 가지고 뛰어갈 땐 주변이 잘 보이지 않는다. 마음이라는 것은, 여유와 생각의 이음동의어가 아닌가. 저 유명한 「너무 늦게 그에게 놀러간다」라는 나희덕 시인의 시를 생각한다. 보고 싶던 친구와의 약속을 미루고 미루고 못 만나다가 결국 그의 장례식에 간다는 시다. 모든 것은 선택의 문제이지만 조금만 더 '느린' 마음을 가졌었더라면 그와의 만남이 그렇게 '늦었'을 리 없다. 그렇게 우리는 평생 후회할 일을 만들고, 뒤늦게 용서를 빌고, 그리고 '아무 일도 없었다.'고 말하며 수년을 돌이켜 한탄한다.

5.

내게 유일한 느린 삶이 있다면 한 달에 한 번 사진을 찍는 날이다. 월차를 내는 날엔 아침부터 해가 질 무렵까지 걷는다. 오래된 카메라를 들고 필름들을 챙기고 차는 주차장에 그냥 둔다. 아마 한 달 중 유일하게 내 차가 쉬는 날이 아닐까 싶다. 시장에도 가고 복잡한 도심 속 골목을 걷기도 한다. 처음엔 열심히 사는 사람들 틈 속에서 카메라를 목에 걸고 걷는다는 것이 사치스러워 보일까 봐 내심 스스로를 불편해하기도 했었는데, 이젠 제법 익숙해졌다. 말을 섞지 않으면 사람들은 나를 먼 나라에서 온 여행자로 보기도 한다는 것을 알게 되었다.

5-1.

그 날의 걸음은 무척 느리다. 짐짓 더 천천히 걷기도 한다. 느리게 걸을수록 많은 것들이 눈에 들어온다. 특히 시장이 그러하다. 많은 것들이 눈에 들어오면 내 머릿속도 그 만큼 많은 것들을 인지하고 느끼느라 분주해진다. 가끔 멈춰 서서 내가 멈춰 서 있다는 것을 잊어버리는 어떤 생각에 빠지기도 하기도 한다. 그 생각은 물론 일에 대한 생각과는 다른 종류의 것이다. 일에 몰두하던 생각이 일의 정밀한 완성만을 향해 수렴한다면 후자의 경우, 생각은 끝없는 상상을 향해 발산한다고 나는 느낀다.

5-2.

'아직도 필름 카메라를 쓰십니까?' 누군가 물어올 때가 있다. 디

지털 카메라를 쓰는 누군가는 무슨 사진 한 장을 찍는데 그리 오
래 걸리느냐, 연사로 찍어서 한 장 고르면 되지, 라고 내게 핀잔을
주기도 한다. 실은 맞는 이야기다. 하지만 내게도 바꾸고 싶지 않
은 한 가지 정도 있어도 괜찮지 않겠는가 말이다. 필름을 맡기고
그 기다림의 시간 동안 차도 한잔하고, 유난히 잘 나왔을 것만 같
은 한 장의 사진을 상상해 보기도 하면서. 사실 필름이 디지털의
기능을 따라올 수는 없지만 현상이라는 과정의 기다림이 내게 주
는 설렘을 디지털은 보상할 수 없다. 월차를 낸 하루는 그렇게 자
주 충무로에서 해가 진다. 한 달 중 가장 긴 날이다.

6.

하루를 열심히 살지 않는데 일 년이 잘 살아질 리 없지만, 그러나 1년 뒤를 바라보면서 빠르고 느림을 조절할 수 있다면, 그러니까 삶을 조율할 수 있는 기술을 어떤 성찰의 끝에서 얻을 수 있다면, 거기 조금은 느리고 더딘 날이 끼어 있어도 괜찮지 않을까. 몸은 민첩하되 마음은 여유롭게. 너무나 당연한 그 말들을 실천에 옮기기란 참 어렵고도 어렵다. 어쩔 수 없이 느림을 용서하지 않는 도시에서의 삶을 더 이어가야만 한다면 나는 아주 오랫동안 한 달에 하루 그 '느린 날'을 즐겨 볼 생각이다. 갑자기 생각난 것이지만, 어쩌면 '느린 우체통'은 1년 뒤를 생각해 보라는 누군가의 충고였겠다.

천서봉 | 시인 ....

듬직한 체구만큼이나 언행도 묵직하니 일치한다. 자연스럽게 발산되는 성실성이 아예 몸에 곡진히 배어 있다. 오래오래 곁에 있고 싶어지는 인연. 건축 분야에 발을 담그고서도 문단에서 각별히 주목받고 있는 젊은 시인이다.
2005년 『작가세계』로 등단했으며, 시집 『서봉氏의 가방』이 있다.

길의 안부를 묻다

1.

바다를 건넙니다. 머뭇거리던 삶을 건너갑니다. 헐벗은 영혼을 대면하고 싶었을까요. 서성이는 바람에게 자유를 묻고 싶었을까요. 운명에게 반역의 깃발을 들어도 좋은 땅, 제주에 닿았습니다. 진종일 바람은 불고 그 바람에 풀꽃들이 몸을 키우고 있었습니다. 제 길을 가는 바람 앞에서도 결코 허리를 꺾지 않는 풀꽃들을 보면서 바람 속을 걷는 법을 배웁니다. 폭풍우 속에서도 제 길을 찾아가는 굳센 등뼈들을 봅니다. 바람은 삶의 모든 틈새를 여닫으며 그렇게 생명들을 단련시키고 있었던 것입니다. 육지의 먼지를 털어내고 가장 내밀한 숨소리가 있는 곳까지 안내하는 것이 바람의 일입니다. 그래서 제주에선 무엇보다도 먼저 바람과 손을 잡아야 합니다. 순례를 시작하기 전에 섬의 모든 귀퉁이를 다녀온 바람에게 길을 물어야 하는 이유가 여기에 있습니다.

2.

봄이 되어 마당 한편 작은 텃밭에 채소를 심습니다. 그들로 인해 봄빛이 환했습니다. 찾는 이들과 함께 삼겹살을 굽습니다. 비가 내리고 땅의 온도가 높아갈 즈음엔 토마토와 가지, 참외와 고추, 호박이 심어집니다. 찾아온 이들이 빈손으로 가지 않게 하려는 생각에서지요. 하우스에서 키운 것만 맛본 이들이 노지 것이라 하니 무척이나 좋아합니다. 옛 맛을 잊지 못하기 때문이겠지요. 그 즈음엔 호박전과 오이, 참외로 날마다 술타령입니다.

텃밭 주위엔 옥수수를 심었습니다. 아이들의 키만큼 옥수수가 자라나던 어느 날, 불어온 바람이 옥수수의 허리를 반쯤 휘게 하였지요. 하지만 뿌리 위로 다시 또 뿌리가 뻗어 나와 옥수수를 일으켜 세웠답니다. 지금은 제 키보다 높이 자라 앙다문 이빨 같은 옥수수를 주렁주렁 매달고 있답니다.

3.

순례의 길은 자신을 찾아 떠나는 일입니다. 걷다 보면 길은 스스로 자신의 속살을 내어 보입니다. 많은 이들이 그 속살을 찾아 떠납니다. 문명과 소비의 소용돌이 속에서 벗어나고자 찾아온 사람들에게 섬은 순도 높은 고독의 길을 내어 놓습니다. 견디지 못할 외로움은 없다고, 그 외로움을 이겨 내면 크나 큰 고요가 찾아 온다는 것을 섬은 제 온몸으로 말을 하고 있습니다. 그래서일까요. 그곳에서는 바람과 파도의 목소리만이 있고 사람의 소리는 힘을 잃습니다. 그 목소리를 좇아 우리가 마음의 소란스러움까지 잠재울 수만 있다면 나무의 뿌리가 저마다의 길을 찾아가는 소리까지도 들을 수 있을 것입니다. 흙 속에서 수백 년의 세월을 감내하는 그 힘이 무엇인지도 깨달을 수 있을 것입니다.

이제 삼다도에서 젊은 아낙을 찾는 일이란 쉬운 일이 아닙니다. 어느 시골과 마찬가지로 마을은 바다를 바라보다 눈 시린 듯 졸고 있는 백구가 지키고 있고, 늙은 할망들만이 바다에서 물질을 하고 있습니다. 이정표를 따라 걷습니다. 그것은 도로 위, 돌담 한 편, 전신주에도 걸려 있습니다. '내 인생의 여정에도 이런 이정표가 있으면 얼마나 좋으랴.' 생각하며 걷다 보면 어느새 길이 보이지 않습니다. 하지만 어떻습니까. 내가 걷는 길이 또 다른 올레의 시작이 되는 것을. 바람처럼 자유로워지는 일은 이렇듯 마음을 비우는 일로부터 시작됩니다.

4.

아이들을 흙에서 자라나게 하겠다는 마음으로 찾은 시골 생활이 어느덧 십 년이 가까워져 갑니다. 초등학교에 다니던 아이들이 하나는 대학생으로, 하나는 고등학생으로 자라났습니다. 시내에 나가려면 시간마다 있는 버스를 타야 하는 아이들. 친구도 없고 학원은 꿈도 못 꿀 일입니다. 가끔은 불평을 쏟아 놓습니다. 다른 아이들처럼 피시방에도 가고 어울려 시내를 제 집처럼 쏘다니고 싶다고 말입니다. 그렇습니다. 제게는 그림처럼 아름다웠던 시골 생활이 아이들에겐 감옥과도 같았던 세월이었나 봅니다. 하지만 먼 훗날, 그때가 좋았다고, 조금은 아빠의 마음을 이해해 줄 날이 오리라 믿습니다.

5.

푸른 바다가 잉태한 마늘종을 수확하는 아낙의 곁을 지나며 검붉은 화산재로 이루어진 제주의 땅들이 곡식을 길러 내는 감사의 땅만이 아닌, 피의 땅이었음을 깨닫습니다. 유배지였던 땅, 추사도 이곳에서 구 년이라는 세월 동안 유배를 살았다지요. 근대사와 현대사의 아픔이 녹아 있는 땅. 일본이 2차 세계 대전 당시 최대의 공군 병력을 집결시켰다던 알뜨레 비행장. 4 · 3 사건 이후 최대의 양민 학살이 자행된 섯알오름. 그리고 모슬봉 인근에 위치한 이 지역 최대의 공동묘지를 지나며 제주의 땅을 걷는 일은 자연이 주는 아름다움에 대한 경탄의 길만이 아님을 깨닫습니다. 묘비도 없이 길게 늘어선 무덤들 사이, 언제나 힘 있는 자의 이름으로만 쓰이는 역사를 의심합니다. 가도 가도 끝나지 않는 피의 순례길. 돌과 바람과 나무에 새겨진 길의 사연을 적어 변명처럼 바다 건너에 있는 당신께 편지를 씁니다.

"길을 잃으면 어떠랴. 내가 걷는 길이 또 다른 시작이 되리니. 산 자보다 죽은 이의 무덤이 많은 곳. 삶과 죽음이 하나 되는 길 위에 서다. 시작과 끝은 하나다."

6.

꽃차를 만드는 일은 매화로부터 시작됩니다. 겨울을 이기고 피어나는 매화는 매년 경탄을 자아내기에 충분하지요. 그 향기는 또 어떻고요. 그늘에 널어 말린 매화꽃을 다기에 담아 물을 부으면, 꽃은 개화하여 새로운 생명을 얻습니다. 방안 가득 퍼져 나가는 꽃향기에 취해 하루해를 놓치기가 일쑤입니다. 찔래, 금낭화, 진달래. 목련과 으름, 칡꽃과 구절초에 이르기까지 봄부터 가을 사이, 꽃은 지천으로 피어납니다. 꽃은 제철에, 오후보다는 오전에 채취해야 합니다. 응달에 널어 말리고, 마른 후엔 밀봉하여 두는 것이 좋습니다. 이렇게 만들어진 꽃차는 지인들에게 좋은 선물이 됩니다. 그 향기가 바다를 건너기도 합니다. 시골은 이렇듯 그 너른 품 안에 언제나 수많은 선물을 간직하고 있답니다.

7.

깊어 가는 제주의 밤하늘 위로— 잠시 죽음 너머의 길을 본 듯도

순례의 길은 자신을 찾아 떠나는 일입니다. 걷다 보면 길은 스스로 자신의 속살을 내어 보입니다. 많은 이들이 그 속살을 찾아 떠납니다. 문명과 소비의 소용돌이 속에서 벗어나고자 찾아온 사람들에게 섬은 순도 높은 고독의 길을 내어 놓습니다.

했습니다. 낮은 언제나 절경으로부터 사람의 시선을 빼앗아 가지
만, 밤의 길은 눈을 닫고 마음을 열어야 보였습니다. 아름다움이
때로는 진실의 눈의 가리기도 하는 것이 아닐는지요.

길을 떠나는 일은 이처럼 또 다른 환상을 좇는 일입니다. "환상
은 비현실적인 것이라야 한다."는 라깡의 말처럼, 욕망의 대상에
대한 영속적인 부재. 길을 원하는 것이 아닌, 길이 가져다 주는 환
상을 믿는 것. 또한 그 환상을 온전히 마음으로부터 비우고 오는
일이 무엇인지를 깨닫게 됩니다. 순례의 최종 목적지는 언제나 내
마음속이어야 함을 말입니다. 살아 있음의 남루를 감사함으로 바
꿔주는 길 위의 명상. 그것을 온몸으로 끌어안기 위해 길을 나섰
던 것입니다.

8.

오일장에서 누룩을 삽니다. 작년에 세 마지기 반, 도지를 얻어
키운 찹쌀로 고두밥을 지었습니다. 처음 담아 보는 술. 이틀이 지
나니 술 향기가 배어나기 시작합니다. 삼 일째 되는 날 걸러야 했
건만 하루를 더 기다린 결과, 술이 그만 쉬어 버렸습니다. 그렇다
고 버릴 수야 있나요. 지인과의 하루는 뽀얀 막걸리 빛이었습니다.

이렇듯 술을 거르는 일도 적절한 때를 알아야 하듯, 살아가는
일상 중에서 가장 적절한 때를 찾는다는 것은 얼마나 어려운 일일
는지요. 모든 일에 가장 중요한 때를 찾는다는 것이 얼마나 힘든

일인 줄 막걸리를 담으며 느껴 봅니다.

9.

집으로 돌아오는 길은 온통 푸름으로 가득했습니다. 봄을 찾아 나섰던 한 도인이 홀로 산 속을 헤매다 돌아와 보니 집 앞 매화꽃이 흐드러지게 피어 있었다던 옛 선시가 불현듯 떠올랐습니다. 내가 길 위에서 얻고자 했던 것은 무엇이었을까요. 떠남은 무엇을 얻고자 하지 않아도 좋습니다. 걷다 보면 길은 스스로 모든 것을 우리에게 건네줍니다. 지금 우리가 걷는 이 길도 생이 끝날 때까지 걸어야 할, 먼 여행길이 아니겠습니까. 그리하여 길이 펼쳐 놓은 삶의 도화지 위에 내 자신을 조금이라도 이해하게 된 글 한 줌 적어 놓을 수 있다면, 이보다 더 큰 선물은 없을 것입니다.

10.

생은 환상이 아닌 일상이지요. 시골에서의 생활은 즐겁지만 현실에 많은 제약이 뒤따릅니다. 아름다웠던 풍경도 무심히 스치게 되고, 맛난 음식도 매일 먹게 되면 쉬 질리는 것처럼 생활은 무덤덤해 지기도 합니다. 하지만 인생이라는 길 위에서 자신만의 지도로 여행을 떠나 보는 것 또한 즐거운 일이 아닐는지요. 물론, 떠나기 전에 철저한 계획이 세워져야 하겠지만 말입니다.

지금 텃밭에선 온갖 채소와 과일들이 자라나고 있습니다. 머지 않아 튼실한 열매가 솟아나겠지요. 하루하루 달라지는 대견스러운 모습들. 내 마음의 텃밭은 지금 한창 푸릅니다. 당신의 텃밭은 지금, 봄이 찾아왔는지요.

다시 길 떠날 채비를 합니다.

이태관 | 시인

친구 좋아하고, 술 좋아하는 시인에다 가수 뺨치는 노래 또한 일품인 한량이다. 한편, 문득 아내와 딸이 보고 싶다고 한밤중에 담양에서 대전까지 내쳐 줄달음칠 정도로 가정적이기도 하다. 최근에 펴낸 시집 제목 『사이에서 서성이다』처럼 한가한 낭만과 바쁜 현실 사이를 두서없이 오가는 엉성한 시계추에나 비길까. 아무튼 삭막한 세상에 끈끈하고도 촉촉이 사람이 그리워지게 유혹하는 남다른 재주는 가히 태생적 불가사의다. 1990년 『대전일보』, 1994년 『문학사상』으로 등단했으며, 현재 계간 『시와 경계』 편집위원을 맡고 있다. 『시집 저리도 붉은 기억』, 『사이에서 서성이다』가 있다.

외동마을에서 나를 만나다

몇 달 전부터 담양 구비문학 전수 조사 사업에 연구원으로 들어가 일을 시작했다. 내가 해야 할 일은 담양 군내에 있는 마을들을 돌아다니며 각 마을마다 전해 내려오는 이야기들을 채록, 정리하고, 새롭고 흥미 있는 이야기들을 골라내 스토리텔링하는 것이다. 팍팍하고 시끄러운 도시를 떠나 당분간이지만 시골에서 일한다는 사실이 나로서는 조금 설레는 일이었다.

담양 마을을 돌아다니면서 가장 크게 변화된 것은 내 마음이다. 쫓기듯이 허둥대다 하루를 마감하곤 해서 늘 마음이 조급했는데 산과 들과 하늘을 한눈에 바라보며 사는 요즘은 머리가 맑고 마음이 넉넉해졌다.

오늘은 외동리 외동마을에 왔다. 이 마을은 다른 마을들과 달리

외따로 떨어진 마을이라 외동이라 부른다 한다. 주위가 평범한 들산으로 둘러싸여 있어서 어디서 보아도 아담하고 포근함을 느낄 수 있는 마을이다.

마을이 높은 산 속에 있어 저 아래에서 보면 잘 보이지 않는다. 그래서 올라오기 전엔 마을이 보이지 않아 혹시 길을 잘못 든 게 아닌가, 하고 의심했었다. 마을이 있을 것 같지 않은 곳에 마을이 있어 놀라웠고 돌담으로 이루어진 초가들이 많음에 다시 한 번 놀라웠다. 마을회관으로 가기 전에 돌담을 따라 걸으며 오밀조밀한 마을 터를 둘러보았다. 아랫마을과 많이 떨어져 있고 오는 길이 불편해서인지 군의 지원을 제대로 못 받은 듯 시설들이 오래전 상태로 있는 것들이 많았다. 마을 사람들에게는 미안한 일이지만 높은 건물과 빽빽한 자동차들 사이에서 곡예를 하듯 생활해 오던 나에겐 그런 애초의 모습들이 정겹고 예뻐 보였다.

대충 둘러보고 회관 쪽으로 오는데 바위 하나가 눈에 띄었다. 마을을 돌아다니며 특별한 석물들을 많이 보았던 터라 느낌으로 알 수 있었다. 그냥 평범한 바위가 아님을. 밭에서 일하고 있는 할머니께 물었더니 호랑이가 앉아 있던 '호랑이 바위'라고 했다. 호랑이가 왜 바위에 앉아 있었냐고 물으니, 확실치는 않는데 전해 내려오는 말에 의하면, 새끼 호랑이가 바위에 앉아 어미 호랑이를 기다렸다고 한다. 그러면서 할머니가 손으로 가리키며 말했다.

"바위에서 내려다보면 이 마을로 올라오는 길이 저렇게 다 보여. 아마도 호랑이는 그 길을 내려다보며 에미를 기다린 게지.”

나는 할머니가 가리킨 곳을 바라봤다. 정말 그랬다. 저 아래 쪽
에서 산을 빙빙 돌면서 올라왔던 그 길이 실뱀이 똬리를 튼 것처
럼 놓여 있었다. 여기서 보면 누가 이 마을로 오는지 다 보이겠다.

바위에 앉아 오매불망 어미 호랑이를 기다렸을 새끼 호랑이의
마음이 짠하게 전해져 왔다. 새끼 호랑이는 이제나 저제나 올 어
미 호랑이를 기다리고 또 기다렸을 것이다. 새끼 호랑이는 너무
힘들었겠지만 엄마를 기다리는 그 마음으로 외로움을 견디며 하
루하루 살 수 있었을 것이다. 나는 잠시 그곳에 서서 기다림에 대
해 생각해 봤다.

기다린다는 건 참으로 힘든 일이지만 살아가는 의미를 준다. 그
리고 잠시 생각할 수 있는 시간을 준다. 하지만 요즘 현대인들에
겐 특히 도시인들에겐 기다림이란 참을 수 없는 시간이다. 빠름과
속도로 앞다투고 있는 이들에겐 느림의 미학이라고 하는 기다림
은 속 터지는 일인 것이다. 그만큼 인내가 없다.

새끼 호랑이는 오지 못하는 어미 호랑이의 상황을 이해하며 기
다려 주었을 것이고, 어미 호랑이는 보고 싶어서 달려가고 싶은
마음을 꾹 참고 갈 수 있을 때까지 인내하며 기다렸을 것이다. 살
아가는 희망처럼 기다림을 붙들었을 것이다.

문득 얼마 전 일이 생각났다. 아들의 잘못을 바로 꾸짖으며 잔
소리를 했더니, 도리어 화를 내며 나가 버렸다. 나는 그 순간 어이

가 없고 너무 화가 나서 흥분을 가라앉히지 못하고 있었는데 아들한테서 메시지가 왔다. 죄송하다는 말과, 잘못한 줄 알고 어떻게 해야 하나 생각하고 있는데 화를 막 내니까 그냥 화가 났다는 내용이었다. 순간 좀 참고 기다려 주지 못하고 성질대로 곧바로 내뱉은 게 후회가 됐다.

학원에서 오랜 세월 가르치는 일을 하면서 많은 아이들과 그 아이들의 부모들을 만났었다. 도시의 부모들 대부분은 아이들이 잘못을 하면 바로 꾸짖고 처벌을 하고 변하기를 원한다. 그러면 십중팔구 아이들은 삐딱하게 나간다. 반항을 하고 외면을 하고 상처를 입는다. 자기가 잘못한 줄 알면서도 말이다.

부모는 자식을 기다려 주어야 한다. 인내하며 그 아이 스스로가 문제점을 인식하고 자기가 할 바를 깨달을 때까지 말이다. 물론 그냥 넋 놓고 기다리라는 건 아니다. 자연스런 부모의 행동과 대화로 이끌면서 기다리는 것이다. 그러면 그 아이는 절대로 똑같은 잘못을 두 번 저지르지는 않는다. 조금만 늦춰져도 뒤떨어진다는 생각 때문에 아이들을 망가뜨리는 일이 허다한 요즘 조금만이라도 기다려 주는 마음을 갖는다면 세상이 좀 더 밝아지지 않을까.

회관으로 들어서는데 어르신들이 반갑게 맞아 주었다. 손을 잡으며 이런 촌구석에 젊은 사람이 찾아와 주니 마을이 훨씬 때깔난다고 하면서 말이다. 돈 받고 얘기해 주는 것도 아니고 바쁜 농

사일 못하고 시간 내주는데, 이렇게 반갑게 맞이해 주니 무척 황
송한 마음이 들었다. 대접할 게 없나 여기저기 찾는 모습을 보며
시골에서만 볼 수 있는 풍경이란 게 안타까웠다. 도시에선 낯선
사람과 접촉하는 걸 두려워하고 귀찮아한다. 내 자신부터 그러는
데 말해서 무얼 하랴.

얼마 전 일만 해도 그렇다. 엘리베이터를 모르는 남자와 단둘이
타게 됐다. 늦은 저녁이라 나는 긴장했다. 10층을 눌렀다. 그런데
남자는 누르지 않고 가만히 있었다. 같은 10층일 거라고 생각하면
서도 두려운 마음이 일었다. 엘리베이터가 멈추자 나는 얼른 내렸
다. 남자도 따라 내렸다. 서두르지 않고 최대한 자연스럽게 걸었
다. 그런데 남자도 계속 따라오는 것이다. 나는 현관 앞에 다가서
자마자 미리 꺼낸 열쇠로 최대한 빨리 문을 열었다. 그때 옆에서
번호 키 누르는 소리가 났다. 따라오던 남자가 바로 옆집으로 문
을 열고 들어갔다. 텔레비전에서 이런 장면을 많이 봤지만 실제로
내가 겪고 나니 참 어이가 없고 좀 부끄럽기도 하고 소통 없이 삭
막해져 가는 사회가 실감 나기도 했다.

회관에서 나와 마을을 내려가다 사람이 살지 않는 빈 집 담벼락
에 흐드러지게 핀 능소화랑 마주쳤다. 혹시 이 빈 집주인으로 오
는 걸까? 하는 표정 같다. 피식 웃으며 너무 고운 빛깔에 정신을
놓고 있는데 개 한 마리가 나타났다. 몸은 물론이고 눈까지 털로
다 뒤덮인 삽살개다. 나는 긴장감이 돌았다. 개한테 한 번 물릴 뻔

한 경험이 있기 때문이다.

다 그런 건 아니지만 도시의 개들은 낯모르는 사람들에겐 경계의 눈빛을 갖고 일단 짖기부터 한다. 그런데 이 개는 나를 보자마자 꼬리를 마구 흔들어 댄다. 그러더니 급기야는 몸을 뒤집고 누워 막춤을 춘다. 그 모습이 너무 웃겨 소리 내서 웃었더니 벌떡 일어나 내 주위를 돌며 다리를 핥았다. 서로 인사를 주고받았다고 생각한 모양이다. 시골에선 개들도 마음의 여유가 있고 낯선 사람을 반길 줄 아나 보다.

햇살이 눈부셨다. 바람 끝이 부드러웠다. 삶은 분명 고달픈 거지만 그 고달픔을 위로해 주는 것들은 참 많다. 하지만 늘 바쁜 도시에선 잘 느끼질 못한다. 잠시 나에게 주어진 시골에서의 시간이 참 고맙다. 시골은 빠름을 강조하는 도시와 다르게 좀 느리지만 그 느림은 나를 위로해 주는 것들을 만나게 해 준다. 소담한 풍경, 친절한 말 한 마디, 푸짐한 차 한 잔의 대접, 들리지 않는 경적 소리, 예쁜 도랑과 돌담들…….

돌아다니면서 일하는 게 힘이 들기도 하지만 이렇게 따뜻한 위로들을 만나면 금세 피곤함이 녹아든다. 참으로 고맙고 멋진 일이다.

오늘은 잊고 있던 나를 만났다.

안오일 | 시인 ....

우선 미인이다. 거기에다 마음은 더 곱다. 때로 썰렁한 유머를 능장 부리듯 슬그머니 터뜨려 주변을 한 박자 늦게 웃기는 재주도 각별하다. 몸도 여리지만 마음은 더 여려서 그 따사롭고 순진무구한 동심을 에너지로 한 아동문학으로 늦복이 터졌다. 그래도 여전히 사려 깊고 옹골찬 시인이다.

2007년 전남일보 신춘문예(시)로 등단했으며, 2009년 푸른문학상, 2010년 한국안데르상, 2010년 대교문학상을 수상했다. 시집 『화려한 반란』, 청소년 시집 『그래도 괜찮아』 외 다수의 아동문학 저서가 있다.

선물

　내가 태어난 곳은 늘 파도 소리를 들을 수 있는 곳이다. 초등학교는 걸어서 십여 분 거리에 있었고, 마음까지 맑아지는 파도소리가 들리는 바다 역시 십여 분이면 갈 수 있는 곳이다. 옛어른들이 방풍림으로 소나무를 심어 이삼백 년 된 소나무들이 줄 지어 늘어선 소나무 길을 지나면, 오랜 세월 물과 바람에 씻고 다듬어져 둥글어진 돌들이 맑은 물소리를 내며 구른다.

　여름이면 바닷가에서 물장구치고 놀았다. 바닷속에서 진피를 캐어 껍질을 벗기고 하얀 줄기를 씹던 맛, 풀 속에서 캐어 낸 삐비풀에 비해 훨씬 더 씹는 맛이 살아 있는 진피. 깨끗한 바닷물 속에 물고기들의 산란장이기도 하는 진피밭이 썰물이면 드러났다가 밀물 때면 감쪽같이 파란 바닷물로 채워지곤 했다.

　아버지는 "내가 어렸을 적엔 창으로 물고기를 잡았다."고 하셨다. 맑고 깨끗한 자연 환경이 준 선물로, 그만큼 물고기가 많았다는 뜻이다. 지금은 만화 영화에서나 봄직한 풍경이고, 태평양 어디쯤 원시 부족들의 삶처럼 보이기도 하는 그 풍경이 그립다.

중학교는 걸어서 한 시간 정도의 거리를 걸어 다녔는데, 등하굣길은 언제나 친구들과 함께 재잘거리며 걸었다. 아침 일찍 햇살을 받으며 걷던 길, 저녁 노을을 등지고, 붉게 물든 태양이 바닷속으로 가라앉는 광경은 보아도 보아도 늘 황홀한 풍경이었다. 노을빛이 어린 바다, 노을빛이 물든 친구의 얼굴. 그 황홀한 아름다움에 취해 걷던 길. 구불구불한 황토 흙길을 걸으며, 굽이굽이 고개마다 사연을 이야기하고 들었던 그 길에서 꿈을 키우고, 고민을 해결했다.

무엇보다 좋았던 건 언제나 파란 바다를 볼 수 있었기 때문이다. 그래서 늘 저 바다로 나가고 싶다는 꿈을 꿨던 곳. 어쩌면 사방이 바다로 둘러싸여 갇힌듯 답답한 마음이 들기도 했던 곳.

시간에 따라 날씨에 따라 물빛이 바뀌는 바다가 있는 곳, 지금도 그 섬에 가면 "잘 사는가?" 서로 안부를 물어 주는 곳, 네 일 내 일 서로 허물을 감추지 않고 이야기하는 곳. 그 곳이 내가 태어나 자란 섬이다. 누구에게나 고향을 향한, 고향에 대한 그리움이 크겠지만, 내가 생각하는 고향은 서로 마음을 나누고, 네 일 내 일 가리지 않고 먼저 나서서 마음을 써 주는 곳이기에 언제나 마음 따뜻한 곳이다.

　도시에 나온 지 벌써 삼십여 년이 가까워지고 있다. 내가 태어나 자란 시간보다 도시에 나와 산 시간이 더 많지만 그럼에도 불구하고, 고향이 그리운 건 사람과 바다가 그리운 때문일 것이다.

　일찍 결혼 한 덕에 아이들이 많이 자라서 내년과 내후년에 아이들이 대학교를 졸업한다. 아이들에 대한 일차적 책임은 끝났다고 생각한다. 아이들이 졸업하면, 번잡한 도시를 떠나 시골에서 새로운 삶을 꾸리고 싶다. 내가 원하는 소설 쓰기의 삶에 가까워지는 것이다. 마음의 여유를 갖고 소설을 쓸 수 있는 곳이라면, 내가 태어난 고향도 좋고, 아니어도 괜찮다. 문제는 내가 사는 지역의 문제가 아니라 소설 쓰기에 전념하면서 어떤 생활을 할 것인가, 이다. 내가 먹고 쓰는 모든 것들이 귀한 자연 자원이라고 생각되는 때문이다.

　가능한 한 소비적 생활 방식을 바꿔 자연적 삶을 꾸리면서 자연과 친화적으로 살 수 있는 방법. 내 손으로 텃밭에서 채소를 키워 먹으며, 이웃과 나누는 자연 속의 삶은 우리의 자연 유산을 미래 세대에게 전하는 귀한 선물이다.

　「인 타임」이라는 영화를 보면서 왜 사람들이 저렇게 오직 오래 살기 위해 발버둥 치는가, 이해할 수 없었다. 삭막한 도시를 배경으로, 모든 것이 자신의 남아 있는 생명의 시간으로 결재되는 영화 속 세상은 끔찍했다. 하지만, 어쩌면 그건 편견일 수 있다. 남아 있는 시간이 많지 않은, 시간을 살 수 없는 사람들에게는 끔찍한 세상이지만, 시간이 많이 남아 있는 언제든 시간을 구할 수 있는 사람들, 백 년 이백 년, 천년만년 불사의 시간을 가진 그들에게는 안온하고 여유롭고 행복한 세상으로 보이기도 했다.

우리에게 행복은 어디에 있는 걸까. 무제한적 시간의 잉여일까. 주체할 수 없도록 많은 돈일까. 돈이 많으면 진정으로 행복해질 수 있을까.

유전자 조작으로 누구에게나 25세까지의 건강과 시간이 주어지지만, 팔에 자신에게 남아 있는 생명의 시간을 표시하는 시계를 차고, 그 남은 시간을 팔아서 살아가는 영화 속 사람들. 영화 속에서 그들은 빈민이었고, 시간이 곧 힘이었다. 그런데 내가 영화를 잘못 본 걸까. 영화의 마지막까지 '왜 살아야 하는가?'에 대한 답은 주지 못했던 같다. 오로지 시간을 연장하기 위해 일하고, 먹고, 싸우고, 시간을 훔치지만, 왜 그렇게, 시간을 얻어서 오래 살아야 하는지는 끝까지 답을 못했던 것 같아 아쉽다.

늘 생각한다. 나의 삶은 무엇인가, 하고. 순간순간 만족하고 행복할 수 있을 때 인간의 가치가 실현되고 행복해진다고 생각한다. 소소한 자신의 꿈을 꾸고 이루어 가는 삶 속에서 만족하고 행복한 것이다. 외로움과 고독 속에서 살아가는 무조건적인 생명 연장은 끔찍한 재앙이다. 인간은 누구나 대화와 관심이 필요하기 때문이다.

요즘에 고독사孤獨死에 관한 이야기를 많이 듣는다. 고독사라는 단어가 어쩌면 신조어가 아닌가 싶다. 태어났으니, 죽는 것은 당

연하지만, 홀로 맞이하는 죽음을 고독사라고 한다. 서로 단절된 생활을 하는 사회적 분위기와 1인 가구의 비중이 높아지면서 필연적으로 고독사의 비중이 높아지는 것 같다. 일본에서는 고독사의 뒤처리를 위한 보험이 있다는 말까지 들었다. 자신의 사후에 신체 원상 복구 비용과 장례 비용, 집 또는 방의 처리 비용1인 가구로 임대 주택에서 사는 경우, 고독사로 인한 재임대가 어려워 일정 기간 임대료를 지불 등을 보험금으로 지급한다고 한다.

고독사는 모든 것을 혼자 생각하고 처리해야 하는 단절된 생활이 불러오는 외로움과 고독의 연장선이고, 이 사회는 그 처리를 위해 다시 사회적 비용을 지불하고 있다.

「인 타임」에서 처럼 시간에 쫓기지 않으면서, 땅 위에서 두 다리로 흙을 밟고, 두 손에 흙 묻히며 건강한 땀을 흘리며 살아가는 곳, 이웃들과 함께 이야기와 웃음이 있는 곳이 시골이고 고향이다. 멀리 있는 친척보다 이웃사촌이 낫다는 말은 인간적 관계를 나타내는 가장 핵심적인 말이라는 생각이 든다. 물론 전화도 있고 자동차도 있어 지구 반대편이라도 언제든 전화가 가능하지만, 국내 어디든 일일생활권이라지만, 가까이 있어 언제든 마음을 나눌 수 있는 이웃처럼 편한 관계가 더 정감이 있고 안정된 관계가 아닐까.

시골이란 공기가 좋고, 생활이 여유롭다, 에서 한 차원 더 발전된 가장 기본적인 인간 공동체의 삶이 가능한 곳이 아닌가 싶다. 이웃 간 서로의 생활을 알고 있으니, 서로 적절한 지원과 관심을 가지고 생활함으로써 인간적 외로움과 즐거움을 나눌 수 있는 것이 시골 생활의 가장 큰 장점일 것이다. 더불어 마을 공동체, 또는 이웃 공동체의 삶은 개인 삶의 비용뿐만 아니라 사회적 비용을 줄이는 한 방법일 수 있다. 자립과 협력으로 자력 생활이 가능하기 때문이다.

모든 것을 돈으로 해결하는 행태에서 벗어나 서로 기대어 살 수 있는 삶. 담 너머로 안부 인사를 묻는 것으로 서로의 안부를 확인하고 살펴보는 삶은, 한 사람 한 사람 모두에게 인간적 연대감을 가지는 삶이 아닐까. 성공 지향의 전투적 삶에서 벗어나 안정적으로 마음을 살피고, 이웃을 보듬을 수 있는 곳, 서로가 서로를 향해 마음을 나누는 곳, 그곳이 고향이고 아름다운 삶의 안식처이다.

누구도 자신의 남은 시간과 내일을 알 수 없다. 그 알 수 없는 내일을 위해 오늘, 자신을 돌아보고 생각해 볼 일이다.

나는 지금 행복한가. 나는 지금 이웃과 함께 하고 있는가. 내가 받은 귀한 선물을 돌려줄 마음의 준비가 되었는가.

이원화 | 소설가

활짝 핀 웃음만큼 웃음소리도 시원시원하다. 그것이 얼마나 주변을 상쾌하게 해 주는지 알고 그러는지는 모르지만, 그가 있으면 늘 분위기는 급상승한다. 올해도 광주·전남작가회의 안살림을 맡았으니 아마 문학 단체 사무실에서 그만큼 장기 집권한 터줏대감은 없을 것이다. 남다른 성실과 온유에 그 웃음이 더한 탓일 것이다. 아이들 뒷바라지에 만학의 대학원 마치기만도 벅찰 터인데 요즈음 잘나가는 소설가이니 대단한 열정이다.
광주일보 신춘문예로 등단했으며, 광주일보문학상을 수상했다. 소설집 『길을 묻다』가 있다.

동면冬眠

 어린 시절 나는 외가에서 몇 년간 지냈던 적이 있다. 초등학교 1학년부터 4학년까지의 짧다면 짧고 길다면 길다고 할 수 있는 기간 동안 나는 많은 것들을 경험했다. '경험했다.' 하는 그 말 속에 들어 있는 진실은 '많이 배웠다.'로 귀결될 수 있을 것이다. 당시의 기억들을 떠올리자면 아련하게나마 가슴 한쪽이 분홍빛으로 물드는 흥분에 젖어들곤 한다.

 아무도 발걸음 하지 않은 새벽, 감또개(감꽃)를 줍던 기억과 눈이 많이 내린 겨울날 꿩을 주우러 나갔던 기억까지 선명한 영상으로 남아 있다. 나는 유독 잠자기를 즐겨하는 편이고 꿈속에서 펼쳐지는 많은 상황들에 몰입하는 경향이 있다. 이런 나의 습도 당시의 추억 탓으로 생겨났다고 할 수 있다. 겨울이면 할머니는 큰 시루에 호박떡, 무떡, 팥떡을 쪘고, 뒤안에는 겨우내 먹을 수 있을 정

도의 감이 할아버지의 솜씨로 나무 상자에 넣어져 차곡차곡 포개
져 있었다. 나는 뜨거운 구들장에 엉덩이를 깔고 앉아서 그것들
을 먹어 댔고 졸리면 배를 깔고 잠이 들곤 했다. 지금 생각하면 들
짐승들이 그렇듯 영락없는 겨울잠을 잔 것일 테지만 먹고 자고 먹
고 자고를 방안에서 매일같이 반복했던 것이다. 다시 그때로 돌아
가서 그 구들장 에 엉덩이를 깔고 앉아서 시루떡과 홍시를 먹다가
그대로 그 구들장에 배를 깔고 잠이 들어 보고 싶지만 이제 그럴
수 없다는 사실을 가슴보다 머리가 먼저 알아챌 만큼 반지빠르게
변해 버리고 말았다.

외가에서 지낸 4년 동안, 봄·여름·가을·겨울 자연의 변화에
순응했지만 이후 도시에 나온 나는 더 이상 계절이 없는 삶을 살
았다. 때문에 영상으로 남을 만큼 흥분되지도 않고 추억이랄 것도
별반 기억에 없다. 광주도 그렇게 도시라고 할 수는 없지만 일단
흙을 밟지 못하고 도시형 일상을 살아간다는 의미에서 시골과는
먼 차이를 느끼지 않을 수 없다. 줄곧 광주에서 지내다가 2009년
1월부터 2012년 3월까지 근 3년 동안 나는 서울살이를 해야 했
다. 서울이라는 도시에서 다시는 살고 싶지 않았지만 어쩔 수 없
이 가야만 할 여건이었다. 나는 1991년 5월부터 1994년 1월까지
군 생활을 서울 서대문 경찰서에서 의경으로 치러 냈다. 31개월
10일 동안 서울에서 지냈던 나는 삭막하고 낯선 이국에 서 있는
느낌이었다. 때문에 가끔 들르러 가는 경우는 몰라도 생활을 서울

에서 하지는 말자 다짐했었다. 하지만 피해갈 수 없어 다시 서울에 발을 들여 놓은 순간부터 숨이 칵 막혔다. 그리고 겁부터 났다. 도대체 이 많은 인간 종자들은 어디에 숨었다가 이렇게 나타나는 것일까, 신기할 따름이었다. 지하 벙커에서 때가 되면 일제히 지면으로 올라오는 개미들처럼 수없이 많은 인간들이 빌딩 숲 사이에서, 전동차에서, 밤의 거리에서 육신을 소진시키고 있었다.

나는 자주 놀랐다.

전동차에서 졸고 있는 젊은 사람들의 정수리가 훤해서 놀랐고, 나의 걸음걸이와는 상관없이 뒤에서 밀고 올라오는 사람들 때문에 놀랐고, 주머니에 돈이 없으면 몹시 불안해서 놀라야 했다. 나는 괜히 불안했고 그 불안이 습관처럼 굳어져 어디를 나설 때도 누구를 만나야 할 때도 맥박이 빨라지고 호흡이 불규칙했다.

그래서 자주 술을 마셨다. 안 하던 담배도 자주 하게 되었다.

거대한 보이지 않는 조직이 자꾸만 나를 코너로 몰아 추궁하는 것 같아 깊은 잠을 자지 못했다. 혹시나 높은 곳에 올라가면 남쪽 하늘이 보이지는 않을까 거의 매일 저녁 남산을 올랐다. 남측 전망대에 서서 나는 한참 동안 석양 속에 잠겨 있곤 했다. 서울의 현실을 떠나 있을 수 있는 유일한 숨을 곳이었다.

그러면서 깨달았다. 왜 젊은이들의 정수리에 머리카락이 없는지, 바쁘게 사람들을 떠밀어야 하는지, 왜 돈이 있어야 하는지……. 아무도 가르쳐 주지 않았지만 본능처럼 습득하게 되었다.

거대한 자본주의 사회에서 가련한 목숨을 부지하고 살자면 어쩔 수 없는 거구나, 가슴이 식어지고 머리가 복잡해졌다.

하지만 나는 여전히 주변인들로부터 '만만한 놈'으로 불렸다.

최대한 빠르게 변하고 있었고, 변하려고 노력했지만 고도로 단련된 그들 앞에서 나는 그저 '만만한 놈'일 뿐이었다.

어빡자빡 구르다가 깨지다가 코피가 몇 번 터지다 보니 서울에서의 계획했던 나날이 다 지나가고 있었다. 얻은 것이라고는 '만만한 놈'을 불쌍하게 여겨 거둬 보겠다고 고개를 끄덕인 순진한 여자 하나뿐이었다.

서울을 떠나던 마지막 달 3월, 봄이었지만 아직 아침저녁은 쌀쌀했다. 나는 순진한 여자의 집을 가기 위해 홍제천을 걸었다. 텅 빈 호주머니에 두 손을 넣고 무작정 운명에 맡긴 발걸음을 내디뎠다. 늘 그랬지만 오늘 하루도 또 내일 하루도 그러다 보면 평생이 그렇게 아슬아슬하게 지나가리라는 막연한 기대감을 안은 채였다.

그러다 나는 우뚝 발걸음을 멈췄다.

신기한 일이었다. 발 앞에 아주 조그만 뭔가가 태산처럼 거대한 기운으로 나를 가로막고 있었다. 천천히 무릎과 허리를 굽혀 머리를 바닥에 처박은 나는 조심히 그것을 손바닥에 올려놓았다.

아주 작고 깨끗한 도롱뇽이었다.

겨울을 깨고 나온 도롱뇽이 물길을 찾아 긴 산책로를 가로지르고 있었던 것이다. 아직 살아 있구나. 작은 물방울 같은 손가락 발

가락을 꼼지락거리는 도롱뇽이 카― 내 숨통을 트이게 했다. 아직 서울이 살아 있었다. 도롱뇽도 살 수 있는 서울이라면 아직 서울은 살아 있었다. 그동안 답답하게 짓누르고 있던 그 무언가가 불안하던 그 무언가가 한순간 위로받는 느낌이었다.

나는 몹시 힘들어 보이는 도롱뇽을 홍제천 물길에 놓아 주었다.

도롱뇽은 살았을까⋯⋯. 아마도 그 순간 내가 살아 났을 것이다.

며칠 후 나는 서울을 떠나왔고 남쪽의 시골 마을에 순진한 처녀와 함께 신접살림을 차렸다.

맑은 바람으로 폐를 걸러 냈고, 밝은 별빛으로 때탄 눈을 씻었다. 살만했다.

그럭저럭 산다는 것에 재미를 붙여 가고 있었다. 텃밭에는 무와 배추를 갈았고 본의 아니게 닭과 돼지도 기르게 되었다. 욕심이 천천히 빠져 나가고 지은 죄들이 새록새록 떠오르는 나날이었다. 산다는 것이 별것 아니구나, 이렇게 그냥 늙어 죽어도 별 볼일 없 겠구나, 순진한 처녀를 쳐다보며 입이 미어지게 배추쌈을 밀어넣 곤 했다.

늦가을 순진한 처녀와 산책을 다녀오던 나는 발광發光하는 뭔가 를 발견했다.

나는 천천히 손바닥 위에 그것을 올려놓았다.

도롱뇽이었다. 몸에 얼룩 점박이 있는 녀석은 둔덕을 향해 기어 오르고 있었다. 동면에 들어가려는 모양이었다. 이번에는 그 놈을 높은 둔덕 위에 올려놓아 주었다. 잘하는 짓인지 알 수는 없었다. 혼자서 잘 찾아갈 것인데 괜한 짓을 한 것일까. 고개를 갸웃했지 만 다만 차들에게 해를 당하지 않는 것만으로도 괜찮다 싶은 마음 이 들기도 했다.

봄에는 서울에서 도롱뇽을 보았고, 가을에는 남쪽 시골 마을에 서 도롱뇽을 보았다. 서울 도롱뇽과 시골 도롱뇽을 우연찮게, 그 것도 막 잠이 깼을 놈과 이제 잠을 자러 가는 놈을 만나게 되었던 것이다.

다들 잘살고 있을까. 물어본다. 도시살이는 할 만한지, 시골살이는 또 할 만한지. 나도 한 마리 도롱뇽과 다를 것이 없다. 이제 겨울이고 두 마리 다 살았다면 깊은 동면에 들었을 것이다. 나도 잠을 자고 싶다. 도롱뇽처럼 어디건 푸근한 보금자리를 찾아 석 달 열흘 정도 깊은 동면에 들어가고 싶다. 순진한 처녀의 가슴에 코를 박고라면 더욱 좋겠다.

손병현 | 소설가

자기 일뿐 아니라 남의 일까지 소리 없이 할 일은 다하는 숨은 일꾼. 요즈음 늦장가를 든 재미로 쏠쏠하다. 아마 대단한 애처가일 것이다. 이제 아무리 깊은 잠결이어도 소주 한 잔 하자고 불러내면 득달같이 달려오던 발길은 아무래도 주춤거릴 것만 같다. 바쁜 작품 활동 중에도 불혹에 이르러 학업(명지대학교 문창과 대학원 수료)을 병행한 열정과 결기가 멀지 않아 각고의 빛을 발할 것이다.
1999년 광주일보 신춘문예로 등단했으며, 창작집 『해 뜨는 풍경』이 있다.

미안의 행복

꿈을 꾸다가 잠에서 깨어 보면 꿈이었기에 너무 아쉬워 다시 이어서 꿈을 꾸고 싶어 잠 속으로 들어가지만 그 길은 이미 흩어지고 없다.

꿈의 배경은 늘 어린 시절 뛰놀았던 시골집이다. 큰딸로 태어난 난 초등학생 때부터 어머니를 도와야 한다는 잠재적 의무감이 있었다. 할아버지는 한의원을 하신다는 핑계로 늘 집에 계셨고, 아버지는 사업을 하신다며 주로 서울에서 생활하셨다. 과수원 일이나 논밭 일은 당연하다는 듯 할머니께서 일꾼들과 놉을 얻어 진두지휘하셨다. 어머니는 열댓 명 놉의 새참과 점심 식사 그리고 오후 새참을 해서 밭이나 논, 과수원 등 일하는 곳으로 밥을 날라야 했다. 엄마 혼자서 하기엔 일손이 부족해서 옆집 아주머니가 와서 도와주긴 했으나 시간에 쫓기며 일하는 어머니를 보며, 큰딸로서

염치없이 놀러 갈 수는 없었다. 학교에 갔다 오자마자 동생들은 집안일 개의치 않고 놀러 나갔지만 난 그러질 못했다.

식사를 담은 큰 고무 대야를 이고 가는 어머니의 뒤를 따라 어린 나는 2리터들이 물 주전자를 들고 논두렁길을 걸어가는 일이 그리 쉬운 것만이 아니었다. 물 주전자의 무게와 논두렁길을 아슬아슬 걷는 일은 내가 앞으로 걸어가야 할 삶의 여정과 같았다. 논 속에는 우렁이 한가로이 기어 다니고, 물이 많이 고인 논에는 붕어들이 팔닥이고, 미꾸라지들이 꼬리춤을 추기도 했다. 논두렁을 걸으며 잠깐씩 보는 풍경들은 재미있는 상상을 하게 했지만 앞을 보지 않고 한눈이라도 팔다가는 논두렁에 처박히는 수모를 겪어야 했다.

놉들이 식사하는 시간에는 나는 논 옆에 대 보라고 불렸던 둑에 누워 하늘을 쳐다보곤 했는데 끝 모를 하늘은 내게 말을 걸어 왔다. 시간 가는 줄 모르고 누워 있을 때, 줄에 매어져 있던 소들의 울음소리에 현실로 되돌아오곤 했는데, 그러한 시간들이 나를 긍정적으로 세상을 보는 온유함의 원천이었는지도 모른다.

하얀 눈이 세상을 덮어 버린 날, 나는 어린 세 아이들을 차에 태우고 내가 자랐던 나주 금천에 인접한 영산강변으로 달려갔다. 눈 위에 발자국 하나 없이 펼쳐진 들녘은 이 세상에 흰색만 존재하는 것처럼 보이기도 하여 심호흡을 한 뒤 스스로를 더 맑은 마음으로 채워 넣었다. 성스런 예식을 치루 듯 우리는 들녘에 누워 제 몸 사

진 하나씩 찍기 위해 눈밭에 누웠다. 눈 위에 누워 바라보는 세상은 나와 아이들과 하늘과의 교감 시간이 되었다.

봄이 되면 나물 바구니와 칼을 챙겨 아이들과 함께 차를 타고 들녘으로 향했다. 풀들보다 먼저 큰 쑥을 찾아다니며 아이들에게 나물 캐는 법을 가르쳐 주었다. 쑥과 제비 쑥, 참나물의 생김새와 먹을 수 있는 나물과 먹지 못하는 풀을 구분하는 것만으로도 아이들에게는 신나는 일이었다. 맘껏 들녘을 뛰어다니고 나면 한결 밝아진 아이들은 제 속마음도 격의 없이 내보이기도 했다.

휴일을 맞아 동산에 올라 네 잎 클로버를 찾는 게임을 하기도 하고 토끼풀꽃을 엮어 반지나 목걸이를 만들어 서로 걸어 주기를 했다. 아이들은 진지하게 풀잎을 바라보고 풀을 세상에서 가장 아름다운 선물로 만들어 내는 시간들이 되었다. 학교생활에서 쌓인 긴장을 풀고 웃고 즐기면서 가족의 소중함을 느끼는 시간들로 채워졌다.

아이들이 대학생이 되고, 사회인이 된 지금도 그 추억들은 정서적인 자양분이 되어 자연의 아름다움과 소중함을 얘기하며 우리 가족은 하나가 된다.

먼 훗날 손자 손녀들이 세상에 태어났을 때도, 시골을 찾아 뛰놀았던 우리 아이들처럼 다녀갈 시골집은 있어야 한다고 생각한다. 그 아이들에게 할머니, 할아버지를 통해 자연의 포근함과 소중함을 몸으로 느끼고 친해질 수 있도록 배경이 되는 일이야말로 우리 세대의 몫이지 않나 싶다.

텃밭을 일궈 유기농으로 직접 키운 상추와 시금치, 부추, 호박, 오이, 가지, 고추, 열무 등을 싱싱하게 먹게 해 주는 일 또한 행복한 나눔이 아닐까.

나의 어린 시절, 부엌에서 밥을 짓던 어머니가 내게 텃밭에 가서 야채를 따오라고 시킬 때면 바구니 하나 들고 달려갔다. 해 뜰 무렵 텃밭에는 아직 아침이슬을 머금은 채 싱그런 표정을 짓고 있는 오이, 가지, 고추 등과 마주하는 일은 자연의 위대함을 온몸으로 체험하는 시간이었다. 그것을 하나하나 따서 바구니에 채워 가지고 가면 어머니는 손 빠르게 요리를 하여 아침상에 내놓았다. 그때의 그 맛까지 재현되면 좋겠지만 그 욕심까지는 내려놓고, 채소를 키우는 시간들이 나를 경쟁으로 채워진 생각들을 조금씩 비워내는 여정이 될 것이다.

내가 다시 자연 앞에 겸손함을 가질 줄 아는 시간을 살 수 있을지 꿈속에서 걸어나와 현실에서 벽돌 하나씩 쌓아 보리라.

도시 생활이 전부인 아이들이 경쟁 사회에서 저 자신의 존재 가치마저 매일 경쟁으로 내몰리고 있는 현실에서 그 고단함을 내려놓고 쉬었다 갈 안식처가 있다는 건 크나큰 삶의 위안이 될 것이라 믿는다.

나 스스로도 도시 생활에서 비켜서서 경쟁 없는 자연 속에서 살고자하는 꿈을 자주 꾼다. 생활이 거미줄처럼 엉켜 있어 쉽게 용기를 내지 못하고 있었는데, 이 글을 쓰면서 내 생각이 더 확고해지는 계기가 되었다.

행복 지수가 높은 나라를 보면 경쟁으로 누가 더 잘 사는가가 아니라 내가 왜 사는가, 어떻게 사는 것이 인간다운 삶인가를 생각하게 한다.

먼저 물질적 가치에 집착하지 않고 단순하게 사는 것, 서로 나누고 서로를 존중할 때 행복은 우리에게로 온다.

『이젠 다르게 살아야 한다』를 펴낸 이시형 박사는 힐링 파워를 키우기 위해서는 슬로(slow), 심플(simple), 스몰(small) 이 세 가지를 가지고 살라고 권한다. 쉬엄쉬엄 산에 올라가 바위를 보고 나무 냄새도 맡고 물소리도 들으면서 그야말로 자연과 더불어 사는 삶을 살라고 조언한다. 우리는 너무 욕심 부리며 살아왔다.

미완의 행복을 꿈속에서 애달프게 찾는 일은 그만하고 이젠 자연 속으로 들어가 삶의 여백을 만들어 가는 시간들에게로 나를 맡겨 볼 참이다.

이지담 | 시인

단아하고 사려 깊은 양반집 규수 같지만, 비타포엠 부회장, 광주 · 전남작가회의 부회장 등 솔선을 무기로 좌중을 사로잡아 이끄는 통솔의 마력을 발휘한다. 누구라도 그 곁에 있으면 평화롭고 따뜻해진다. 타인에 대한 따뜻하고 속 깊은 배려가 태생적으로 몸에 흠씬 배어 있어서일 것이다. 지천명이 비로소 출발인 걸까. 공사다망한 중에도 또 새로운 공부를 하느라고 한양 천리를 오르내리는 치열한 학구열은 도무지 그칠 줄 모른다.
2003년 「시와 사람」으로 등단했으며, 2010년 「서정시학」 신인상을 수상했다. 시집 『고전적인 저녁』이 있다.

문득 뒤돌아 보다

더덕 냄새를 맡다

얼마 전에 서천 둑방길을 걷다가 아카시아 꽃 냄새를 맡았다.

오월에 아카시아 냄새를 맡는 건 특별한 일이 아니다. 계절이 되어 처음 맡는 아카시아 냄새는 대개 물벼락처럼 달려든다. 소리 없이 개화하다가 만발 직전에 무슨 향연이라도 벌이듯 냄새가 진동한다. 살면서 아카시아 냄새는 늘 그런 식으로 맡았다.

이날은 달랐다. 무엇인가 연한 냄새가 코끝을 스쳤고, 고개를 갸웃하는 순간 이내 사라졌는데, 생각해 보니 아카시아 냄새였다. 아카시아 냄새를 그렇게 호젓이 만난 적이 없어 의아했다. 걸음을 멈추고 주변을 살폈으나 아카시아 나무는 보이지 않았다.

같이 걷던 아내에게 말했더니 아내가 둑방 건너편의 먼 곳을 가리켰다. 산등성이 한 곳에 아카시아 몇 그루가 서 있는 게 보였다. 저 먼 곳에서 날아온 냄새를 내가 맡았단 말인가?

다시 얼마쯤 걸었을까, 한 무더기 낯선 냄새가 요란하게(?) 달려와 내 몸을 둘러쌌다. 냄새는 말발굽 소리라도 들은 양 힘차고 생생했다. 그런데, 세상에! 더덕 냄새였다.

나는 더덕 냄새를 맡아 본 적이 한 번도 없다. 반찬으로도 먹고 아내와 더덕 발효액을 만들어 보기도 해서 냄새를 알고 있기는 하나, 지금처럼 밖에서 홀연히 더덕 냄새를 맡은 건 처음이었다.

군 시절 동료 사병들끼리 산에 오르면 귀신같이 더덕을 찾아내는 사람들이 있었다. 그들은 더덕이 있는 근처만 지나도 냄새가 난다고 했다. 냄새만으로 더덕을 찾아냈다. 수많은 풀 냄새 속에서 더덕 냄새를 맡다니, 나에게 그것은 불가사의한 일이었다. 시골에서 자란 사람들이라 그런가 보다 했다. 당당히 더덕을 찾아내는 그들이 신기하면서 부러웠고, 연약한 도회인이라는 것에서 약간의 열등감마저 느끼곤 했다.

그런데 나의 코가 더덕 냄새를 맡다니! 신비로운 경험이라고 말해도 내 입장에서는 과장된 표현이 아니다. 돌아오는 길에는 약간 긴장했다.

이번에도 냄새를 맡을 수 있을까?

마침내 아까 그곳에 이르렀고, 다시 더덕 냄새가 났다. 쌉싸름하며 날카로운 냄새가 어김없이 내 코를 파고들었다. 나는 속으로 환호를 질렀다. 야호, 나도 이제 더덕 냄새를 맡을 줄 안다.

이날 밤이다. 아내의 부탁으로 소금을 가지러 갔던 길이다. 소

다시 얼마쯤 걸었을까, 한 무더기 낯선 냄새가 요란하게(?) 달려와 내 몸을 둘러쌌다. 냄새는 말발굽 소리라도 들은 양 힘차고 생생했다. 그런데, 세상에! 더덕 냄새였다.

금 항아리에서 소금을 퍼 돌아오는데 후욱, 축축하면서 싱그러운 냄새가 몸에 밀려왔다. 마당의 봄밤 냄새였다.

흙, 잡초, 고추 모종, 방울토마토 모종, 상추, 쑥갓, 흙 알갱이 사이의 물기와 미생물이 번식하면서 퍼지는 기운, 밤하늘의 습도와 공기가 모두 합쳐 나는 냄새였다. 나는 나도 모르게 중얼거렸다.

'밤하늘에는 별들이 있고, 내 앞에는 봄밤의 마당이 있다.'

나는 설명하기 힘든 감회로 한동안 우두커니 서 있었다.

그러다가 마당을 둘러보니 화덕 옆 수도 계량기함 틈새로 가녀리게 올라오는 풀 하나가 눈에 들어왔다. 어느 날이던가, 덩굴이 자라오르는 줄기를 아내가 발견하고는 안쓰럽다며 지줏대라도 세워 주라고 했던 풀이다. 잡풀에 무슨 지줏대까지, 하는 생각을 속으로 하면서도 아내의 마음이 예뻐 지줏대를 세워 주었다.

그 풀의 줄기가 지줏대를 타오르지 못하고 있다. 나는 다가가 꼬인 줄기들을 정리하여 지줏대에 감아 주었다. 그때다. 더덕 냄새가 콧속으로 들어왔다.

뭐야? 이거 더덕인가?

더덕이면 잡초가 아닌데, 귀한 반찬거리인데, 그런 더덕이 우리 집 마당 한귀퉁이에서 자라고 있다니, 게다가 낮에 처음으로 더덕 냄새를 맡았는데 느닷없이 우리 마당에서 또 더덕 냄새라니, 갑자기 낮에 맡았던 더덕 냄새까지 의심스러워졌다. 내가 이거 어디에나 있는 잡풀 냄새를 맡았던 건가? 분명 더덕 냄새였는데……

나는 방으로 들어와 아내에게 말했다.

"우리 마당에 더덕 있는 것 같아."

"어디에요?"

"당신이 저번에 지줏대 세워 주라고 한 풀 말이야. 그거 더덕 같아."

"더덕 맞아요. 근데 어떻게 알았어요?"

"그 풀에서 더덕 냄새가 났어. 당신도 맡았지?"

"아니요. 냄새는 못 맡았어요."

"그랬구나. 냄새가 안 난 건 충분히 안 자라서일 거야. 지금은 냄새가 나니까, 더덕이란 것을 당신이 확실히 확인 좀 해 줘."

아내가 설거지를 하는 사이, 내가 먼저 마당에 나갔다. 더덕에 다가서는데 조금 긴장되었다. 나는 콧김을 두어 번 크게 들이마시고 내뿜으며 코를 청소했다. 그리고는 천천히 고개를 기울여 냄새를 맡았다. 그런데 아무 냄새도 나지 않았다. 코를 여러 번이나 홍홍거리다가 나는 두 손으로 더덕 줄기를 살살 흔들어 보았다. 여전히 냄새가 나지 않았다.

문득 강아지 키울 때가 생각났다. 귀가 올랐다, 오늘 처음으로 짖더라, 아내와 서로 먼저 본 것을 말해 주다가 막상 둘이 함께 가 보면 귀가 내려가 있지도 않고 짖지도 않아 번갈아 가며 '거짓말쟁이'가 되었던 기억.

"나 거짓말쟁이 만들지 말고 냄새 좀 나라. 아까 분명히 냄새 났었잖아."

나는 조바심이 났다.

그럼 그렇지, 나는 더덕 냄새를 맡을 줄 아는 사람은 아닌 것이다.

맥이 풀려 가만히 앉아 있었다. 이 아이도 더덕이 아니란 거네.

잠자고 있는 풀을 공연히 흔들어 댄 것이 미안했다. 나는 흔드느라 엉킨 줄기들을 정리해서 지줏대에 단단히 감아 주었다.

그때다, 싸아한 더덕 냄새가 내 코로 들어왔다. 나는 얼른 코를 들이밀고는 힘껏 냄새를 맡았다. 아, 더덕 냄새였다!

나는 더덕 냄새를 맡으며 황홀히 앉아 아내를 기다렸다.

임영태 | 소설가

고스란히 사람됨을 들키고 마는 그의 귀농일지 『모정리 일기』를 읽다 보면 은연중에 빨려 들어가지 않을 도리가 없다. 덤덤한 듯 깊고 정갈한 인품과 결곡한 의지가 면면히 녹아 흐르기 때문이다. 역시 소설가이자 시인인 아내 이서인 씨와 함께 도시와 시골을 오가며 집필과 생활을 겸상하듯 꾸리지만, 그의 전원에 대한 기억 소자는 가히 원형질에 가깝다.

1992년 문화일보 신춘문예로 등단했으며, 오늘의작가상, 제1회 중앙장편문학상을 수상하다. 소설집 『무서운 밤』, 장편 『우리는 사람이 아니었어』, 『아홉 번째 집 두 번째 대문』, 산문집 『모정리 일기』 등이 있다.

산채에서의 타임머신

'글을 낳는 집'에서의 첫날밤이었다. 꿈에 바다가 넘실대고 있었다. 꿈을 깨고 나니 계곡물은 새소리와 더불어 한결 청아한 하루의 목청을 열고 있었다. 문득 깊은 산과 깊은 바다는 둘이 아니라는 사실이 해일처럼 밀려왔다. 마치 홀린 듯이 자산어보를 쓴 정약전의 투로 컴퓨터 좌판을 두드리기 시작했다. 그리고 마치 답장이라도 하듯 이번에는 타임머신을 타고 다산이 되어 영랑에게 썼다.

第一信, 다산茶山에게 부침

갈기를 세운 시간의 파도가 나를 태우고 끝없이 출렁이는 시간 속으로 마구 달려가고 있어. 수많은 시간들이 내 앞에 난만히 흩어져 능히 다 주워 담을 수가 없으니 눈을 감을 수밖에.

절해고도 자산玆山의 바다는 동해처럼 맑은 거 같네. 마치 커다란 거울 위에 떠 있는 것만 같아. 하긴 명나라 동해가 조선의 서해와 통하는 거 아닌가? 모든 게 마음 하나만 바꾸면 서해가 동해가 되기도 하는 거 아니겠는가?

자산 사람들은 날씨에 귀를 쫑긋 세운다네. 바다를 생업의 무대로 삼고 있는 사람들은 매양 하늘의 지배를 받고는 하지. 먼 바다에서의 날씨는 꽤나 변덕스러워 섣불리 앞을 예단할 수가 없는 나랏일과 너무도 흡사해. 하지만 날씨를 예보해 주는 전령들이 아주 많다네. 영산도를 휘돌아온 갈매기가 급히 몸을 피하며 낮게 날고 있는 걸로 미루어 머잖아 태풍이 올 것만 같네. 차츰 해조음이 높아지겠지. 세찬 파도가 심해를 뒤집어 놓아야 건강해지는 법. 나의 몸과 마음이 모조리 뒤집어 진 듯 세찬 태풍이 휩쓸고 간 기분이야. 파도가 심해지면 야광 따개비나 소라는 뿔을 키워 몸을 지탱하고는 한다네. 뿔은 파도에 떠밀리지 않기 위해서 펼치는 닻 역할을 하고 있는 셈이지. 세파에 떠밀리지 않으려면 나도 소라처럼 뿔을 키워 나가야 할 것만 같네.

나선 모양으로 꼬여 있는 껍질을 가진 소라나 고둥은 조수를 따라 떠돌지만 헤엄을 치지는 못하지. 껍질 속에 갇힌 속살은 언제든지 밖으로 뛰쳐 나갈 준비를 하는 걸까? 소라나 고둥의 생김새를 눈여겨보면 살아 있는 나사의 형상인즉 천지간을 향해 뻗어나

가는 것만 같아. 용수철처럼 또르르 말려 있는 살은 항상 바깥세상이 그리워 염탐하려는 듯 고개를 내밀고 껍질 밖으로 일탈하다가도 장애물을 만나면 뚜껑을 닫아 몸을 움츠리고 껍질의 도움을 청하고는 한다네. 부드러운 속살에게는 단단한 껍질이 짐이 되지만 안전을 담보해 주는 그 껍질은 어쩌면 소라가 져야 할 생의 업보가 아닐까.

소라나 고둥 껍질을 거처로 삼는 집게들이 많아. 집게는 몸이 커감에 따라 더 큰 껍질로 옮겨 가야 하므로 성향이 지나치게 까다로워서는 곤란할 것이야. 딱딱한 껍질 속에 안주하는 집게의 몸은 마치 소라의 속살처럼 연해지고 다리가 금세 퇴화되고 말아. 몸도 껍질과 동일하게 나선형으로 꼬여 버리지. 환경의 중요함을 온몸으로 보여 주고 있는 셈이랄까. 껍질은 집게를 보호해 주기도 하지만 약하게 만들기도 하는 것이야. 이곳 자산은 지형이 협소하고 궁벽하여 영락없이 소라 껍질 같네. 나의 몸은 껍질 속에 기생하고 있는 집게라고나 할까. 단단한 껍질 속에 갇혀 지내다 보니 나도 집게처럼 점차 퇴화되어 가는 느낌이 들어 놀라움을 금치 못한다네. 가히 놀라고 가히 두려운 것은 갇힌 나의 몸과 정신이 결코 소라 껍질을 바꿀 수 없다는 절망감이 엄습하고는 한다네. 육신이 금방이라도 소라의 나선을 따라 하늘로 튕겨나가 버릴 것만 같아. 참다운 선비라면 궁벽한 처지를 어찌 방해로 여길 손가. 껍질 속의 집게는 배와 다리가 퇴화되어 버리지만 꼬리에 무기를 갖고 있다네. 그것은 퇴화되어 버린 몸을 단단한 껍질에 고정시킬 수 있는 고리가 달려 있다는 점이야. 집게는 이 고리를 이용하여 단단한 껍질의 기둥 끝에 연약한 자신의 몸을 걸어서 단단히 고정시켜 버린다네. 그리하여 단단한 껍질을 온전히 분신으로 만들어 버리는 것이야. 날 고정시킬 수 있는 고리는 대체 무엇일까? 나는 심혈을 기울여 붓을 들어 글을 적네. 재밌고도 어려운 게 저술 작업인 것 같아. 붓꼬리가 휘어져 화선지에 스며드는 걸 보면 내가 스며들고 있다는 착각이 들어. 어쩌면 붓이야말로 소라 껍질 같은 자산 땅에 나의 몸과 마음을 붙들어 주는 고리가 아닐까? 나에게 고리는 붓이라는 사실을 이제야 혼魂이 돌아와 마음으로 체득하게 되었네. 나의 고리로 자산의 풍족한 바다 생물들을 꼭 붙들어 연구하고 고찰하다 보면 파도처럼 밀려드는 장사長沙의 시름유배되어 있는 시름을 말함. 장사는 한(漢)나라 때 가의(賈誼)가 귀양 가 있던 곳인데 이를 인용하여 한 말임.을 물리칠 수 있으리라!

이름이 알려지지 않은 각종 어류와 개류介類, 바다 물새海禽와 해채海菜 등 자산의 풍족한 해중어족海中魚族들을 하나하나 나의 고리에 꿰어 시간의 목걸이를 만들어 갈 예정이야. 그 형용을 모사하여 누군가 알아 주기를 어찌 바라겠는가? 하지만 환난을 당한 내게 주어진 숙명이라는 생각이 든다네. 통념적 억울함에 굴종하여 눈을 감기 전에 차마 문업文業을 버릴 수 있을 손가? 한 가지 일에 정신을 도모하다 보면 근심이라는 것도 쉽사리 소멸하는 것이 이치의 필연 아니겠는가? 요즘 마음을 쏟아 바다 생물들의 생태를 파악하고 채집하여 기록하느라 하루해가 짧기만 하네. 이곳에서는 일몰도 보여 주지만 한편으로는 일출도 보여 준다네. 설사 절망을 안겨 주었다 하더라도 구원의 길도 열어 준 나의 현실과 너무도 흡사하지 않은가? 안개 속에서 길을 찾은 것만 같아. 하늘이 내게 두터운 시간의 바다를 하사하였으니 결코 나의 소임에 소홀함이 없도록 십분 유의하겠네.

필경 나의 저술은 근본을 알지 못하여 고루함을 면치 못함이 태반이야. 모름지기 그대의 높은 식견으로 넘쳐나는 오류를 두루 해량海諒하여 빗질하여 주기 바라네. 그리하여 회답에 이르기를 타당치 못하거나 어긋난 이치는 퇴고를 거듭해야 마땅하리. 그리움은 매양 문암산을 넘어 강진으로 달려간다네. 거침없이 달려올 이번 태풍에 이역만리 그리운 심사를 절절히 엮어 자네에게 동봉하네.

정약전 서丁若銓 書

第二信, 영랑 선생에게 부침

모란이 잠시 찾아왔을 뿐인데 세상은 온통 신이한 조화로 가득하구려. 고작 모란 몇 송이가 끌고 온 봄의 꼬리는 여름의 문턱을 넘어서려다 환한 웃음을 흘리고 있습니다. 봄과 여름의 사이로 벌과 나비들이 몰려듭니다. 봄이 윗턱이라면 여름은 아래턱이겠지요. 윗턱과 아래턱이 힘을 모아 백 년 전에도 백 년 후에도 지치지도 않고 되새김질을 하고 있습니다.

선생이 나고 자란 이곳 남성리에 피어난 모란들이 찬연한 기운이 넘치는 봄에서 여름으로 건너뛰느라 가쁜 숨을 몰아쉬고 있소. 무릇 지천으로 꽃들이 피어나지만 뭇 꽃 가운데에서 우뚝하게 빼어난 것이 모란이구려. 해마다 이맘때가 되면 어둔 지하에서 무한대의 등불을 퍼 올립니다. 수많은 모란이 불을 밝히면 어둠과 추위가 물러서고 봄의 제단은 온통 환해집니다. 선생께서는 일찍이 농밀하고 황홀한 모란들의 축제를 주도하는 사제였습니다.

잔뜩 웅크린 산토끼의 굽은 등 같은 보은산을 휘돌아온 바람과 강진만을 넘실거리는 푸른 물결은 하늘이 정한 자리에서 의연하기만 합니다. 눈부신 계절을 위하여 모란은 사특한 탐닉과 게으름을 추운 겨울로 흘려보내고 종일토록 수백 개의 환한 등불을 켜들고 있습니다. 악惡으로 돌아감은 한평생 실로 기나긴 겨울이고, 인仁을 얻어야 오래오래 따뜻하지 않겠습니까? 소란하고 매서운 겨울을 건너와 비로소 강진 땅에 이르러서야 상서로운 해와 구름이 온 세상을 화창하게 하는 날을 맞이했습니다.

공은 오래전부터 기름진 강진 땅에 마땅히 영랑 선생처럼 빼어
난 시인이 나올 줄 알았다오. 눈부시게 아름다운 봄을 찬란한 슬
픔의 봄이라뇨. 봄에 특출하게 달통하지 않고서야 어찌 이런 진경
을 끌어낼 수 있으리오. 이처럼 멋진 봄을 맞이했던 이가 고금을
통틀어 있었던가요? 하늘이 심원하고 맑으면서도 환한 시심을 부
여하였으니 모란이 알아보고 장광이 알아보고 돌담이 먼저 알아
보고 탄성을 자아냅니다. 선생이 뿌려 놓은 찬란한 슬픔의 봄에
시공을 뛰어넘어 온몸이 흠뻑 젖었습니다.

우러러 산을 원망하지 않고 굽어 바다를 허물하지 않으니 비로
소 마음 밭에 따스한 온기가 찾아드는 것만 같습니다. 큰바람 먼
지를 무릅쓰고 갓과 두건을 바로잡아 마음 경작에 힘쓰는 것만큼
오묘하고 어려운 일은 없는 것 같아요. 오래 묵혀 둔 혈거穴居의 시
간들이 기름진 땅을 만나 힘써 꽃을 피우고 마음속으로 온통 벌
나비가 날아들어 눈부시게 달콤한 봄을 탐하고 있습니다. 남도의
질긴 생명력이 아니었다면 결코 꽃피울 수 없었을 것이오. 산 좋
고 물 좋은 이 땅에서 모름지기 저술에 힘쓰노라면 맛난 음식과
지극한 즐거움도 이를 넘지 못한다오.

초목은 봄이 되면 아무리 추워도 파랗게 싹을 밀어올리고, 가을
이 되면 아무리 더워도 낙엽을 내려놓는 것이 천지간 만물의 정한

이치 아니겠습니까. 작금의 강진 고을에는 선생께서 심력을 다하
여 남기신 깊고 우뚝한 과업을 기리느라 림괘, 태괘음이 물러가고 양이
올라가는 형상.의 운이 밀려드는 봄바람이 한창이오. 내 벌 나비가 되
어 만금을 주고도 취할 수 없는 선생이 피어 올린 과즙을 흠뻑 적
셔 가리라.

정약용 서丁若鏞 書

김희철 | 동화작가

남의 일에 그토록 열성적이기는 좀처럼 쉽지 않다. 남을 돕는 것이 마치 그의 취미 생활인 것
같아 놀랄 때가 많다. 한편 함께 길을 가면서도 놀라기 일쑤다. 그가 놀라는 통에 덩달아 놀
라는 것이다. 정확히 이르자면 그가 놀라는 것, 그처럼 놀랄 수 있다는 사실에 놀라는 것이다.
그는 사물마다 그냥 지나치는 법이 없으며, 걸음걸음 감탄사가 연발로 쏟아진다. 그리고 그
왕성한 관찰력은 특유의 상상력을 불러일으킨다. 언젠가는 놀라만한 작품이 쏟아질 것이다.
2008년 불교신문 신춘문예로 등단했으며, 장편동화 『보랏빛 나팔소리』가 있다.

문득, 뒤돌아보니 길이 있었다

아직도 가야 할 길이 남은

부르튼 발길에게만 허락되는가.

전시 행군 중 십 분간 휴식 같은

낯익은 피로와

낯선 긴장이 악수하는 외딴 역.

밤바람이 헝클어진 머리를 쓸어주고

추운 가로등이

불안과 맹목의 화촉을 밝히고

딱딱하고 어두운 기억의 부리가 자꾸

안타까운 입질을 한다.

그동안 막차에서 내린 착각에

낡은 손목시계 벗어놓으면 어느새

새 역 이름 하나
두 역 사이에 끼어있는 틈바귀에서
얼마나 하릴없이
땀에 젖은 보따리를 싸야만 했던가.
그리하여 이제
죽음조차도 간이역의
조금 어둡고 낯선 휴게소일 뿐
종점이 아니라고 믿기로 했다. 그러니
어딘가 꼭 기다리고 있을 사랑아.
어쩌면 너와 내가
마주하여 달리는 것인지도 모르는
이 안개 속 허허벌판은
역사(驛舍)도 철길의 일부분이듯
지루한 철길 역시 하나의 역사인
종착과 출발의 교차로.
시방 이 가슴 저미게 시린 숨결이
애오로지 너에게로 달려가는 길이라면
나도 몰래 풀어진 구두끈 조여
어서 열차에 올라야겠다. 그리고
흐린 차창에 입김 호호 불어
다음 역을 뚜렷하게 새겨야 하겠다.

– 졸시, 「한실리역_{恨失里驛}」 전문

딱 부러진 이분법적 논리는 자칫 세상의 언어에 대한 결례이기 쉽다. 꼬리를 무는 변증법은 저만치 두고라도 시중의 말말이 그리 녹록치 않아서 기실 반론과 역풍을 초래하기 십상이기 때문이다. 그러나 나는 인공에 대한 자연, 즉 도시에 대한 시골의 비교 우위에 있어서는 어쩔 수 없이 시비가 분명한 이분법적 표현을 빌릴 수밖에 없다. 도시의 아스팔트 언어를 시골의 흙 언어로 대체함에 있어서 필수 불가결한 나름의 자기 확인인 것이다.

도시는 나에게 늘 낯선 간이역이었다. 잠시 내려 귀향 여행에 필요한 간식거리와 음료를 마련하기 위한 아르바이트 장소에 불과했다. 최소한의 밑천만 거두고는 이내 떠나고 말 파장의 장터였다. 그러나 거기서 치러야 하는 대가는 너무 참담하고 가혹했다. 도시는 자고 새면 경쟁과 거짓과 우울을 강요했다. 언어의 타락과 퇴화와 혼잡을 독촉했다. 불안과 부자유와 기억 상실을 사주했다. 고독은 아스팔트 피조물인 도시의 신음이었다. 나는 고독했다. 군중 속에서, 광장에서 더 고독했다. 백야의 사막에서 나는 불협화음으로 이명을 앓는 이방인이었다. 정신 병동과 실어_{失語}의 모퉁이를 서성이는 경계인이었다.

도회 문명의 상징인 한 잔의 종이 컵 모닝 커피가 서비스하는 눈먼 안일에 중독될수록 흙 냄새가, 소쩍새 울음이, 산골짜기 시

냇물 소리가 그리웠다. 그리하여 틈만 나면 산으로 바다로 달려가 곤 했다. 그러던 어느 날, 대가족이라는 절대 명제에서 웬만큼 해방되기 바쁘게 나는 홀연히 부모, 누나, 형까지 묻힌 흙 곁으로 돌아왔다. 산과 들 그리고 망망대해가 아우러진 고향은 내 몸과 영혼의 원형질이었기에, 바다의 시원이 강이라면 강의 시원인 산골짜기에 여생의 둥지를 틀었다.

여장을 푼 지 벌써 두 해에 이른 산채에는 피라미, 가제, 다슬기가 번갈아 반딧불이와 잠자리의 공중 호위를 받는 청정수원淸淨水源이 다소곳하고도 정갈하게 흐른다. 작년 여름, 한나절을 씨름해 가며 힘겹게 수놓은 징검다리는 큰물 아랑곳없이 뿌리를 곤히 내리고 있다. 마치 점호라도 취하듯 한 땀 한 땀 건너는 노둣돌 곁에는 나만 아는 호두나무가 올해에도 섬섬옥수마다 주렁주렁 설익은 선물을 움켜쥐고 벌써부터 귀를 쫑긋 세우고 있다. 채석강과 적벽을 번갈아 압축해 놓은 짙은 잿빛 암반 톱날들의 아기자기한 이야기에 귀를 적시다 보면 절로 마음이 맑고 밝고 평화로워진다. 뒷산도 못지않은 산책로이다. 수줍은 병풍을 펼쳐 놓은 듯 작은 폭포들이 층층시하를 이루는 계곡을 경계로, 나잇살깨나 듬직한 적송들이 즐비하면서도 고고한 나름의 영역을 누리며 바람결에 특유의 향기를 내뿜는가하면 한여름 삼림욕을 유혹하는 편백나무 숲은 파문처럼 번져 휴양림의 구색을 잰걸음으로 갖추어 가고 있다.

사람들은 도시화될수록 일상의 번잡에 찌든 영혼을 맑히고 속 엣말을 가다듬으러 바쁜 시간표를 쪼개 산책을 나선다. 일부러 고독과 몸의 수고를 빌려 자연에서 멀어진 발길을 자연에 바싹 붙이는 '본원적 귀향' 즉 자아 회복을 위한 충전을 하려는 것이다. 명상, 기도, 좌선이 마음의 고요를 위해 몸조차 부동不動을 취한다면 산책은 마음의 정靜을 위해 몸의 동動을 취한다. 몸과 마음이 모처럼 본모습인 동정일여動靜一如를 통해 '하나의 화음'을 이루는 것이다.

인류 역사상 가장 아름답고 숭고한 영혼으로 아메리카 인디언을 꼽는다. 그들은 서양의 정복자들과는 사고방식이나 삶의 질이 판이하게 달랐다. 마치 어른이나 신이 철없이 덩치만 큰 아이들을 상대하는 것처럼 침입자들을 대했다. 고도로 문명화된 서양인들이 영혼이나 정신, 사고방식에 있어서 오히려 그들에게 한참 야만으로 비쳤다. 그들이 뛰어난 점은 자연과의 화음을 빚기 위해 끊임없이 자기 성찰을 일상화한 것이다. 그들의 일거일동은 다름 아닌 산책의 연장이었다.

산과 개울가를 천천히 거닐다 보면 마냥 상쾌하고 신선한 풀, 꽃, 새, 풀벌레, 개울물이 저마다의 악기를 켜고 새롭게 말을 붙인다. 맑은 공기, 시원한 바람, 반백의 장발을 어루만지며 저무는 햇빛, 홀연히 비친 낮달도 한 풍경 거든다. 대개의 외경들은 마음을 어지럽히기 십상인데 모처럼 바깥 사물이 그을음 잔뜩 낀 마음을 상쾌히 씻어 닦아 준다. 구들장의 고래가 터지듯 마음 속 체증이 속 시원히 뚫리는 것이다.

산중에 세 들기 바쁘게 나는 먼저 산책로부터 찾았다. 그리고 산채 주변을 인근의 소쇄원 같은 산책로로 가꾸고 싶어 세설원洗舌園이라고 이름 지었다. 혀는 두 개의 상징성을 지니고 있다. 맛과 언어다. 그러니까 조미료와 공해에 찌든 혀를 씻어 고유의 입맛을 되찾듯이 병들고 혼잡한 현대의 언어, 즉 퇴화한 마음을 닦아 본연의 청정무구를 돌이키려는 수작이다. 지금까지 나는 부질없이 생의 저자거리를 부르튼 선걸음으로 배회하며 자신을 혹사하고 낭비해 왔다. 그러니 이제부터라도 느리고 편안한 걸음으로 생의 산책길을 상쾌하고 담백하게 거닐며 자신에게 밀린 예의를 베풀려고 한다. 시간과 공간, 몸과 마음, 맛의 혀와 언어의 혀가 서로를 배반하지 않고 둘이면서도 하나인 합환合歡의 묘미를 여생의 몫으로 하게 살살 단도리하려는 것이다.

김규성 | 시인

적송향 그윽한 산채에 남은 시간의 둥지를 틀고 작은 소쇄원처럼 세설원洗舌園을 가꾸고 있는 그가 오늘도 탁발하듯 산에 오르는 것은 해맑고 고요한 숨결을 가다듬어, 혼탁한 세상에 한 모금의 산소라도 보태려는 소박하고 간절한 꿈 탓이다. 그 일환으로 어머니를 배경으로 한 팡세인 『모경母經』을 엮고 있다.
2000년 「현대시학」으로 등단했으며 시집 『고맙다는 말을 못했다』와 산문집 『산들내 민들레』, 『몸』 등이 있다.

고엽枯葉 미학

겨울이 되면, 한 해를 그런대로 뜻 깊게 마무리해야겠다는 의무감과 조바심 때문에 걸음이 저절로 빨라지기도 하고, 반면에 삶의 짙은 어두운 그늘에 눌려서 발버둥 쳐온 나날이 원통애통하기만 하여 한숨만 땅이 꺼져라고 날려 보내기도 하고, 그리하여 연말에는 인생을 더욱 심각하게 생각하는 철학자적 증상이 누구에게나 종종 나타나게 마련이다.

나의 쓸쓸한 겨울은, 황톳빛으로 물든 채 가지에 강인하게 매달려있던 깃털같은 메타세쿼이아의 이파리조차 세차게 불어오는 북서풍에 못 이기고 떨어져서 단아하기만 한 아스팔트 보도를 어지럽게 뒹굴면서 시작된다. 그 누런 이파리의 허리를 밟고 걸으면, 때론 한하운의 보리피리의 아스라한 아픔이 되살아나기도 하고, 김지하의 붉은 황토가 단번에 폐부로 파고 들어와 숨이 헉헉거리는 것 같기도 하고, 올해도 겪었지만 매년 늦가을이면 주름살투성이 농민들이 벌이는 김빠진 농성장에 나부끼는 빛바랜 깃발을 짓이겨 밟는 것 같은 느낌이 들기도 하는 것이니, 말하자면 나도 이 맘때쯤이면 저절로 심각해지는 것이다.

그러던 어느 날이었다. 문득 창밖을 내다보면서, 널찍한 공터에서 벌어지고 있는 선선한 일에 마음이 흠뻑 적셔들고 말았으니, 어디에서 출현하였을까, 거기엔 바람과 어울려 낙엽들이 한바탕 원무圓舞를 펼치고 있었다. 재충전된 생명의 환희의 개운한 연출은 나를 흥분의 도가니 언저리로 밀어 올릴만한 것이었다.

가까운 데 서 있는 다 벗어 버린 백척 플라타너스와 은백양나무가, 공터에 누워 있는 한 때 자기 살붙이들을 내려다보고 있는데, 불현듯 이 살붙이들이 자리에서 일어서서 마치 고양이 새끼들이 떼를 지어 원무를 그리며 별의별 장난을 치듯이 까르르 까르르 몰려다니며 군무를 춘다. 아니다, 희다 못해 푸르스름한 복장을 차린 무희들이 떼굴떼굴 구르다가는 갑자기 곱발 서서는 플라타너스의 뿌리 언저리를 강강수월래 하는 것이다. 아니다, 그게 아니다. 그녀들이 하늘로 상큼 비상하는 것이다. 아니다, 아니다, 그게 아니다. 내 마음 한켠으로 와락 미끄러져 안기는 그런 것이다.

몸놀림이 회돌이 바람 따라 봄 병아리처럼 어지럽고도 유쾌하다. 잠시 누웠다가는 일어서서 벌이는 병아리 소꿉장난 같은 아기자기한 동작거지로 말하자면, 눈에 넣어도 아프지 않을 귀여움이다. 때론 바람에 우르르 몰려서는 풀밭에 숨었다가 다시 데굴데굴 불려 나오는 것이 뜨겁게 춤추던 무희들이 무대 뒤로 썰물처럼 빠져나갔다가 앙코르 박수를 받으며 다시 밀물처럼 등장하는 것만 같다. 풀밭에 누워서 때를 기다리는 낙엽들…… 깊이 박힌 것은 거기서 오래 잠이 들기도 하겠지만 다시 무대에 등장할 것이다.

살 비린내 나는 여름 소나기의 즐거움.

인생의 황혼을 땅바닥에 떨어져 누운 낙엽에 비유하는 것을 가끔 보아 오면서, 더욱이 겨울 고엽枯葉이란 자체는 이미 생명의 무화無化가 상당히 진행돼서, 말하자면 생명이란 말은 더 이상 붙일 수도 없게시리 푹푹 썩어가거나 가루가 돼 가는 그런 것이고, 황혼의 인생이란 것도 돌아갈 날만을 아마도 썩은 나뭇가지쯤으로 산算 놓아 기다리는 무기력한 생명이라는 허무감에서 이런 비유가 성립되겠거니 하면서 일단 수긍을 해왔다. 하지만 비록 황혼의 인생일지라도 미련없이 스스로 무화 중인 낙엽을 보면서 오히려 마음을 누그러뜨리며 위로를 삼음이 좋을 듯하다는 생각도 해 본 적이 더러 있다. 어느 생명이나 그것이 풍요롭든 구차하든 간에 너그럽든 매몰차든 간에 영화롭든 하찮든 간에 눈에 보이는 마지막이 있는 법이고, 이 가시적 종말의 애상哀想은 사람에 있어서는 그래도 어떤 비가시적일 수도 있는 정서나 업적이나 사상이나 신앙이나 우정이나 연애라든가 또는 낙엽이라든가 하는 이런 것들에

의하여 훨씬 완화되고 선미善美하게 장식될 수 있을 법도 하니까
말이다.

　내심을 좀 더 말하자면, 이런 낙엽이란 결코 호락호락한 것이
아니어서 절대로 사람의 구둣발에 짓밟힐 수 없는 그 어떤 것이라
고 심을 박아온 터이다. 그것은 마치 만유인력 같은 것이거나, 돌
고 도는 억겁윤회 같은 것이거나, 불가사의 같은 것이거나, 겨자
씨 같은 것이거나, 그런 것일 거라는 느낌이 드니 말이다. 없는 듯
이 있고 있는 듯이 없는 그런 것. 알파인 듯하지만 오메가요, 종말
인 듯하지만 태초에 불과한 그런 것. 꼬리에 꼬리를 물고 회돌이
치는 운동력. 우주의 모든 장대와 복잡 미묘한 것을 다 품어 담고
서 살아 숨쉬는 겨자씨알의 넉넉함과 충일함까지. 이런 이미지들
이 언뜻언뜻 가슴속에 내비치니 어리고 푸른 잎사귀의 살 비린내
조차 마다할 수 없겠고, 설혹 떨어진 잎새에도 애정을 더 줄 수밖
에. 또한 사람이란 기껏 이런 낙엽의 어떤 존재성과 운동을 걸쳐
입고 있는 것이 아닌가 하고 생각해 보는 때가 있으니, 그것은 전
적으로 사람은 스스로 존귀한 존재라고 말한다거나 기억력과 신
경 경영神經經營이 만물 중에 가장 뛰어난 동물이라고 주장한다거나
할 때가 그렇기는 하지만, 이렇게 말하는 푼수로 미루어 볼 것 같
으면, 사람이나 낙엽이나 별로 진배없어 보이기도 하더란 말이다.

　이전엔 낙엽이 되어 돌아온 이파리는 그저 푹푹 썩어지는 줄로
만 알았었다. 그런데 지금 이 낙엽들의 생명의 연출을 보면서 그

판단을 다소간 바꿔야겠다는 생각이 든다. 낙엽은 결코 구둣발에 밟히는 그런 것이 아니라고 믿어온 것처럼, 이제부터는 낙엽에게도 어떤 무형의 생명이 따로 있어서 그 즐거움을 다한다는 그런 생각 말이다. 하늘의 즐거움이라고나 할까, 자연의 즐거움이라고나 할까.

이것은 낙엽을 태우면서 연기에서 진한 커피향 같은 것을 맡으며 느끼는 그런 것이 아니고, 낙엽이 저절로 스스로 즐기는 그 엄

연한 실존의 즐거움에 참예하자는 뜻이 더 깊다 할 것이니, 생명의 무화가 훨씬 진행돼 버린 것 같은 고엽의 실존의 선미는, 지금껏 뒤틀린 것 같기만 하고 고단하고 고독하기만 하고 값어치 없어 보이는 인생들에게 '너 생명의 즐거움에 참예하자.'고 부드러운 손 내밀어 초청하여 권하는 바와 다름없다. 난 이 귀한 무화생명無化生命의 무도회에 예정에 없이 초대받아서 지금 그 즐거움을 한없이 맛보고 있는 것이다.

비록 눈에 들어오는 겨울 낙엽의 용태는 부서지고 퇴색해 빛바래고 말라 비틀어졌을지라도 그 실존과 환희의 연출은 하루해의 일몰에 내비치는 붉게 타는 노을의 장관에 좋이 비길 만하다는 감상이 저절로 우러나는 바이니, 허름한 내 인생의 용태도 그런대로 이 겨울 낙엽과 크게 다르지 않다고 본다면, 그것도 또한 아쉬운 대로 불타오르는 저녁노을의 장엄함에 다를 바 없을 것 같기도 하다.

그래서, 내 삶의 마지막도 이런 낙엽의 존재성이나 저녁노을의 장엄함으로 다른 존재의 가슴 한켠을 흘러내리는 마르지 않는 물줄기로 흐른다면, 그래서 사람이나 낙엽이나 서로 진배없어 보이는 지경에 닿기까지 한다면, 가히 좋지 않겠는가.

나의 인생은, 그러므로, 이제부턴 꼭 쓸쓸한 회색 겨울이라고만 할 수 없다. 때론 허리가 으깨지는 아픔에 비명을 지르기도 하고, 때론 좌우를 분간 못하고 달리기만 하느라고 붉은 숨이 턱에 차올라 쓰러지기도 하고, 내 젊음이 내걸었던 깃발이 이젠 빛바랜 것이 되기도 하였다지만, 겨울 낙엽의 선미한 실존의 연출에 가슴으로 가슴으로 젖어서 기립 박수를 보내면서 보니, 그런대로 젖었건 말랐건 한 편의 인생이라는 것이 될 성 부른 감이 잡히니 말이다.

박노동 | 시인

광양 벽지의 악조건과 싸우던 작고 야윈 소년이 서울대와 하버드 대까지 마쳤으니 가히 입지전적 수재다. 그러나 마냥 겸손하고, 속 깊고, 국 넓은 보통 사람일 뿐 쉽사리 그 비장의 카리스마가 눈에 띄지 않는다. 이를테면 단순 소탈한 평범 속에 고차원의 비범을 감춘 보신인 셈이다. 전남대학교 농업생명과학대학 교수로 어느덧 정년을 바라보는 그의 이력은 전남대학교 농업생명과학대학 학장, 한국응용생명화학회 학회장, 농촌진흥청 혁신추진단 공동단장, (재)농업기술실용화재단 이사, 농림림수산산식품과학기술위원회 위원, 전국농업연구사업단장협의회 회장, (재)작물유전체기능연구사업단 이사장, 거기에 사래시 동인 종신(?) 회장까지 이루 다 손꼽기 난감하다.

문학 관련 저서로 시집 『검돌베개 고요쯤에』가 있다.

사연이 담긴 노래

이 세상 노래 중에서 나만의 사연이 담긴 노래가 없다면 얼마나 밋밋하고 멋없는 일일까?

나에게 특별한 노래를 생각해 본다.

내가 초등학교 4학년이었을 것이다. 쉬는 시간에 친구한테 아버지가 친아빠가 아니라고 놀림을 받았다. 지금도 그렇지만 당시는 나에게 가장 큰 부끄러움이었고, 고민거리였다. 아버지와 내 동생들은 성이 같았지만 난 성이 달랐으니까, 숨길 방법도 없었다.

그날, 가까운 친구 녀석이 함께 놀다가 맘에 차지 않는 일이 있었던가 보다.

야, 너희 아버지 아니지! 했다. 그리고 바로 음악 시간이 되었다.

'아-빠하고 나--하고 만든 꽃밭에 채-송화도 봉숭아도 한-창입니다. 아-빠가 매어 놓은 새-끼줄 따라 나팔꽃도 어울리게

피-었습니다.'

풍금에 맞춰 '꽃밭에서'를 배우는데, 난 부를 수가 없었다. 고개를 숙이고 음악책이 척척해 질 때까지 눈물을 뚝뚝 흘리고 말았다.

수염이 허옇게 세어 버린 지금도 나에게 '꽃밭에서'는 짠한 노래로 남았고, 노랫말에서 '아빠가 매어 놓은 나팔꽃'은 특별한 꽃이 되었다. 어린 시절 직접 일구고 가꾸었던 꽃밭에서도 나팔꽃은 특별했다.

어머니가 구정물을 버리시던 시궁창 옆
쇠비름 몇 포기 포도시 뿌리내린
푸석한 자투리땅에 꽃밭을 일궜었지.
채송화 봉숭아 해바라기 분꽃
낯설게 피었어도
내내
서로 어울리는 꽃밭이었어.

꽃씨가 영글어 갈 무렵
뒤늦게 싹을 틔운 나팔꽃이 있었지.
찬바람에 멀건 덩굴을 뻗었지만
붙잡을 게 하나 없는 헛손질에

제 몸만 뒤틀렸었어.
그러다 말겠지.
그러다가 말겠지.
멀건이 바라보는 나에게 어머니는
성범아, 솎아버려라 하셨어.
차마 솎아버리지 못한 나팔꽃이
헛손질을 쉬지 않고 해대더니만
결국 제 몸뚱일 옭아매고 매서야
겨우 지탱을 했었지.

이미 다른 씨앗들이 여문 뒤에
꽃망울을 터트렸던 나팔꽃,
뭐가 그리 쑥스러워
고개 숙인 꽃봉오릴 매달아 놓았었는지.
수챗물을 들고 나온 어머니는
그때서야 나팔꽃을 한참동안 바라보시다가
혼잣말을 했었어.
그래,
그래 욕봤다.

– 졸시, 「나팔꽃은 피었는데」

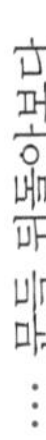

아직까지도 내 마음에 온전히 살아 있는 나팔꽃을 섬진강가에도 뿌려 보고 처갓집 담벼락에 치렁치렁 새끼줄을 매어 놓았지만 아직까지 풀리지 않는 숙제가 있다. 너무나도 당연한 일이지만 우리 집 베란다에다 심어 놓은 나팔꽃이다.

방 안까지 나팔꽃을 들여 놓아 내 욕심은 채웠지만 나팔꽃은 모두 내게 등을 돌리고 핀다는 것이다. 멀건이 창밖을 바라보고 있는 나팔꽃, 또 내 마음이 짠해지고 만다.

이렇듯 노래 한 곡이 내 생활에 깊숙이 똬리를 틀고 앉아 이리 저리 변주를 하고 있다.

물론 살면서 나에게 특별한 노래가 어디 이 곡뿐이겠는가! 서울 생활을 할 때 쌀이 떨어져서 몇 끼를 굶으면서 듣고 들었던 차이콥스키의 「비창」, 군대에서 자대 배치를 받은 첫날 밤에 흘러나온 취침 음악으로 「여름날의 그림자」, 삽입곡인 「슬픈 로라」, 일병 때 식당에서 퍼진 라면을 세 그릇째 배식받아 허겁지겁 먹고 있을 때 흘러나온 튄 폴리오의 「사랑의 기쁨」, 내가 쓴 그림책을 동요로 만든 「책이 꼼지락 꼼지락」, 우리집 마늘 먹는 강아지를 소재로 만든 요들곡 「왈왈왈」 등……. 그러고 보니 나에게 특별한 사연이 담긴 노래가 꽤 있는 셈이다.

이렇듯 세상 살아가면서 나에게 특별한 노래가 한 곡씩 더해져 노래 부자가 되어 가는데, 최근에도 나에게 특별한 노래가 한 곡 더 추가되었다.

지난 겨울 방학 때 시골 초등학교에 나가서 기타를 가르친 적이 있었다. 어린이들과 함께 시간을 보내 보면 알겠지만 때론 징그럽게도 뺀들거리며 말을 듣지 않는 녀석과 맞닥뜨릴 경우가 있다. 바로 그곳에서 다른 녀석보다 100배는 센 강자를 만났다.

그날도 다른 친구들은 제법 폼 나게 기타를 치면서 노래를 부르는데, 이 녀석은 수업을 방해하는 데 몰두를 했다. 이리저리 돌아다니며 참견하고 떠들고 다니다가 성에 차지 않자, 열심히 연습하는 친구들의 기타 줄감개를 몰래 돌려 놓아 음을 흩트려 놓고 말았다.

나는 그 녀석의 만행에도 화를 꾸욱 누르면서 준비해 간 「할머니 장바구니」 악보를 한 장씩 나눠 줬다.

"이 노래를 오늘 배우자!"

크흠, 크흠! 목을 가다듬고 기타를 치면서 노래를 불렀다.

그런데 세상에!

「할머니 장바구니」란 노래가 그 녀석의 마음을 뒤흔들어 놓을 줄 누가 알았겠는가! 그 녀석이 내 노래 소리에 귀를 기울인 것이다. 그 녀석이 귀를 기울였다는 건 곧 공연장 분위기가 되었다는 뜻이기도 했다. 내가 노래를 끝내자, 그녀석이 나를 부르며 일어났다.

"촌장님! 이걸로도 그 노래가 돼요?"

녀석이 자기 기타를 나한테 내밀었다. 어이가 없기도 했지만, 고 녀석이 수업에 처음으로 보인 관심이 너무 기뻐서,

"그럼!"

세상의 모든 걸 얻은 듯 큰소리로 대답하고는 녀석의 기타를 받아서 다시 노래를 불렀다. 오롯이 그 녀석에는 바치는 노래였다. 녀석은 초롱초롱한 눈망울로 내가 노래하는 모습을 바라보았고, 나도 그 녀석과 눈을 맞추며 노래를 부르는데, 갑자기 울컥 목울

대로 덩어리가 올라왔다.

아마도 녀석과 나의 기억에는 같은 주파수가 있었던 것 같다. 물론 녀석과 나의 사연은 달랐지만 똑같은 노래에 주파수가 걸린 걸 보면 분명 아픔의 질량이 같았을 거라고 본다. 녀석은 조손 가정이었고, 나는 이 세상에서 가장 큰 미움을 할머니한테 받았던 까닭이다.

이 노래가 나에게 더욱 특별한 노래가 된 건 노랫말을 가장 친한 친구가 썼고, 내가 지은 노래이기 때문이다. 물론 노래를 만들 땐 즐거운 마음이었지만 이제 내 의지와는 관계없이 가슴 뭉클한 노래가 되고 말았다.

지금도 난「할머니 장바구니」를 부르다가 녀석 때문에 울컥 목울대로 올라오는 게 있다. 꼭 이 부분을 부를 때 그렇다.

"우리 할머니~ 우리 할머니~."

혹 이 노래가 궁금한 사람은 인터넷 창에다 '김성범과 노래깨비 아이들'을 치면 노래를 직접 들을 수 있다.

할머니 바구니

빨간 장바구니

오일장에 다녀오시는데

간고등어 한 손,

돼지고기 반근

사과 다섯 개

운동화 한 켤레 그리고 내가

가장 좋아하는

붕어빵 한 봉지.

우리할머니

우리할머니

빨강 장바구니는

동네 점방보다

훨씬 크다.

– 곽해익, 「할머니 장바구니」

김성범 | 동화 작가

시인 겸 동화작가. 작곡가 겸 조각가, 극작가 겸 연출가. 그러면서도 잘 나가는 세무사이니 신은 너무 편애가 심한 셈이다. 은발의 곱슬곱슬 파마머리에 구레나룻 수염까지 예술가 향기 잘잘 흐르는 제격을 갖추고는 섬진강 강변 산자락에 도깨비 마을을 조성하여 촌장 노릇하랴, 순회 공연 다니랴, 도깨비 박물관 및 공원 단장하기에 숨 돌릴 새 없다. 도깨비 연구에 관한 깊고 해박한 조예만큼이나 전국 최초이자 최고의 도깨비 박물관을 일구는 것이 오랜 꿈이다. 문학동네 어린이문학상을 수상했으며, 장편동화 『숨 쉬는 책, 무익조』, 『도깨비살』, 『비밀로 가득 찬 세상』, 『뻔뻔한 칭찬통장』 등과 그림책 『책이 꼼지락꼼지락』, 인문교양서인 『도깨비를 찾아라』, 동요 음반 『섬진강 도깨비마을』 등이 있다.

산에서 온 방문객

날씨가 갑자기 추워졌다. 시월의 마지막 밤이라는 것을 새삼 일깨워 주려는 듯 급격히 기온이 떨어지고 서리가 내렸다. 베란다의 창을 열자 어디선가 벌 한 마리가 찬 공기와 함께 실내로 들어왔다. 겨우 목숨이 붙어 있다는 것을 알리기 위해 미미하게 날개를 움직여 방바닥을 아주 조금, 겨우 1밀리미터 정도 움직였을 뿐 날지도 못하고 독침을 쏠 수도 없는 벌이었다.

이 느닷없는 빈사瀕死의 방문객이 내게 지난여름의 일을 떠올리게 했다. 벌에게 한 방 된통 쏘였던 어느 날 새벽의 일을. 그 때 나는 3년여를 지리멸렬하게 써온 장편 역사소설을 한 출판사에 보내고 노심초사하며 연락을 기다리던 참이었다. 그 때문에 다소의 정서적 공황 상태에 빠진 나는 언니들에게 전화를 걸어 벌에게 쏘이는 것이 무슨 행운의 상징은 아닌지 물어보기까지 했다. 사실

원고를 보내 놓고 초조하고 불안하기도 했지만 한편으로는 속이 후련했다. 주변에서 더워도 너무 덥다고 아우성들을 쳐댔지만 나는 그 간극間隙의 시간을 나름대로 즐기고 있었다. 방바닥에 큰 타월을 깔고 찬물로 샤워한 후 어머니 뱃속에서 태어날 때의 발가숭이 상태로 방바닥에 엎드려 그동안 읽고 싶었던 소설을 쌓아 두고 마음껏 포식했다. 중국 작가를 특히 좋아하는 나는 이미 몇 번이나 읽은, 읽을 때마다 감동이 배가되는 샨샤의 『바둑 두는 여자』와 『천안문』을 하염없이 읽고, 비페이위의 장편 『위미』는 홀딱 빠져 읽는 즉시 두 번이나 더 읽었다. 위화의 『살아간다는 것』을 다시 읽고, 또 그의 중편집 『세상 사는 연기와 같다』와 쑤퉁의 『눈물』을 읽었다.

내가 이렇게 중국 작가를 좋아하는 것은 그만큼 중국의 문화가 우리에게 익숙한 탓도 있겠지만 무엇보다 어릴 때 본 중국 영화의 영향이 클 것이다. 내가 초등학교 때 나보다 열 살이나 더 먹은 큰언니가 애인과 영화를 보러 갈 때면 불미스런 일이 생길 것을 염려한 엄마가 꼭 나를 감시자로 딸려 보내곤 했는데, 그 시절 가장 많이 본 영화가 중국 무협 영화, '외팔이 시리즈'였다. 자세한 내용은 기억나지 않지만 한 팔을 잃은 주인공 방강이 무림 세계의 악당들을 응징하고 어디론가 훌쩍 떠난다는 줄거리였다. 인생의 극지極地를 점령한 외팔이 사나이가 얼굴에 잔잔한 미소를 지으며 강가의 높은 둑길을 걸어가던 마지막 장면은 어린 마음에도 콧날이

찡하도록 카타르시스를 느끼게 하는 강렬한 엔딩이었다.

위화의 중편 소설 「강가에서 생긴 일」을 읽다가 불현듯 외팔이 사나이를 떠올린 것은 두 개의 작품에 담긴 피와 폭력과 죽음의 유사성 때문이었다. 자신을 애지중지 아껴 주고 사랑한 마쓰 할머니를 손도끼로 잔인하게 내리쳐 살해하고 그 목을 잘라 모래밭에 세워 두는 미친 사람의 광기와 핏방울을 튀기며 순백의 눈밭 위로 뎅겅 잘려 떨어지던 방강의 한쪽 팔이 오버랩되면서 나는 온몸의 털이 다 곤두설만큼 으스스한 전율을 느꼈다.

위화의 「강가에서 생긴 일」을 읽은 다음 날도 나는 평소와 같은 시각에 새벽 산행에 나섰다. 매일 오르내리는 익숙한 산길이라 인적이 없어도 전혀 무섭지 않았는데, 그날 나는 기이한 공포감에 사로잡혀 자꾸만 뒤를 돌아보게 되었다. 음침한 숲속 어디선가 미친 사람이 불쑥 튀어나와 날카로운 손도끼로 내 목을 내려칠 것만 같았기 때문이다. 불과 글을 읽었을 뿐인데도 나는 너무나도 끔찍하고 구역질 나는, 피와 폭력의 잔혹한 공포감에서 벗어날 수가 없었다.

한 편의 글이란 그렇게도 강렬한 것이었다.

적막한 숲에는 아무도 없었다. 오직 숲과 나뿐이었다. 그 느낌이 좋아 매일 혼자 새벽 산에 오르곤 했던 것인데 나는 처음으로 후회했다. 여자 혼자서 산에 오는 것이 아니라고. 간신히 무서움을 참고 산을 거의 벗어난 지점에서 섬뜩한 느낌에 나는 다시 뒤를 돌아보지 않을 수 없었다. 그 순간이었다. 내 입에서 거의 산이 떠나갈 정도의 큰 비명이 터져 나온 것은.

'으아아악! 으아아악!'

아마 누군가가 내 비명 소리를 들었다면 괴한의 습격이라도 받은 줄로 착각했을 것이다. 하지만 나는 그저 벌에 쏘인 것이었다. 단지 미친 사람이 내 뒤를 밟고 있을지도 모른다는 지독한 두려움으로 인해 빚어진 해프닝이었을 뿐이다. 내가 뒤를 돌아보기 위해 멈춰선 그 자리가 땅벌들의 아지트였을 줄이야. 벌집을 건드리고서도 오히려 한 방 물렸을 뿐이니 오히려 행운인 셈이었다. 나는 벌에 물려 하얗게 부풀어 오른손을 입으로 빨아 침을 빼 내고 계곡물에 잠시 손을 담갔다. 그러고나서 드디어 산을 벗어났을 때 내 앞에 아침 햇살에 찬란히 펼쳐지는 눈부신 문명의 세계가 기다리고 있었다. 나는 부신 눈으로 내가 몸담고 있는 그 세상을 한참이나 바라보았다. 참으로 낯설고 생경하게 느껴지는 풍경이었다. 나는 그제야 내 자신이 산山에도 속하지 못하고 속俗에도 속하지 못하는 불행한 유랑민이라는 것을 알아챌 수 있었다.

사실 곰곰 따지고 보면 나는 벌에게 쏘여 아픈 것이 아니었다. 나는 부족한 나의 재능 때문에 아픈 것이었다. 제대로 된 작품 하나 쓰지 못하고 간신히 소설가라는 명맥을 유지하고 있는 나, 불안을 쌓아 두지 않기 위해 그저 산에나 갈 수밖에 없는 누추한 나, 단 1g의 천재적 광기도, 일상에서의 탈출도 못하는 범용한 내가 과연 소설가라는 이름으로 살아가도 되는 것일까, 하는 자괴감 때문에 나는 괴로운 것이었다. 뒤돌아보지 않고서는 도저히 견딜 수 없게 한 것은 미친 사람의 손도끼가 아니었다. 그것은 두려움과 열등의식이 혼재해 빚어낸 내 내면의 공포였다. 단 한 편의 글로도 이렇듯 생생한 전율을 느끼게 할 수 있는 위화의 빛나는 천재적 영감이 내게는 반 푼어치도 없다는 사실에 나는 그토록 아픈 것이었다.

태풍 볼라벤이 서울에 상륙하기 전, 비가 억수로 쏟아지던 날 마침내 출판사로부터 연락이 왔다. 내 원고의 출판을 결정했다는 꿈에도 그리던 소식이었다. 그동안 두어 군데의 출판사에서 차갑게 거절당하고 지푸라기라도 잡는 심정으로 응모한 공모전에서도 떨어졌다. 그럴 때마다 나는 물속에 버려진 부패한 밀가루 반죽처럼 내 자신이 흐물흐물 녹아 없어지는 것 같았다. 한동안 좌절하고, 아프고, 다시 일어나 고치고 하는 과정을 반복할 수밖에 없었다. 그랬기 때문에 출판하겠다는 전화가 도저히 믿기지 않았다. 몇 번이나 전화를 걸어 정말이지요? 나중에 딴소리하는 거 아니지요? 하고 물어보고 싶을 정도로 나는 한껏 위축되어 있었던 것이다.

에디터와 만나기로 한 날은 남쪽에서 올라온 태풍이 드디어 서울까지 올라와 사람이며 집이며 다 날아갈 듯 지독하게 바람이 불어댔지만 나는 약속을 변경하지 않았다. 한시라도 빨리 계약서를 받고 싶었기 때문이다. 그런데 홍대 입구에서 만난 에디터가 엉뚱한(?) 소리를 하는 것이 아닌가. 처음에는 원고가 무척 재미있다고 운을 떼더니 구구절절 늘어놓는 말이 내 원고의 허(虛)를 조목조목 구체적으로 지적했다. 최종적으로 개고하는 조건이면 계약하겠다는 의견이었다. 나는 단 일 초도 생각할 겨를 없이 개고 요청을 수락했다. 속으로라도 '그럼 니들이 써봐! 아무나 소설 쓰는 줄 알아!' 하는 생각조차 들지 않았다. 3년 동안 그야말로 혼자서 눈물 콧물 짜내며 써온 글이 아닌가. 출판해 주겠다는데 시궁창에 들어갔다 나오래도 나는 그렇게 할 수 있을 것 같았다.

에디터와 만난 다음날도 나는 여느 날처럼 산에 갔다. 태풍이 휩쓸고 간 산의 정경은 더 할 수 없이 참혹했다. 나무들이 뿌리 채 뽑혀 있고 늘 다니던 길도 막히고 패여 있었다. 엉망이 된 숲과 상처투성이의 길 위에서 나는 멍하니 서 있었다. 그 순간 내 가슴 깊숙이에서 무언가 날카로운 것이 심장을 쿡 찌르며 올라왔다. 나는 통증을 느꼈고 울컥 눈물이 쏟아졌다. 그것은 다름 아닌 미친 사람의 손도끼였다. 나는 아프게 깨달았다. 미친 사람의 손도끼란 바로 예술의 불가능한 요구라는 것을. 나는 최고의 소설을 써 내지 않으면 안 되는 것이다. 그것이 작가로서의 나의 최대의 의무이다. 광기에 사로잡힌 미친 사람은 날이 푸르게 선 손도끼를 들고 언제까지든 나를 추적할 것이다. 내가 용을 죽이고 황금 양털

을 훔쳐오지 않는 한 나는 이 끔찍한 공포에서 절대로 벗어날 수가 없다. 하지만 내가 어떻게? 어떻! 나는 이토록 범용하거늘! 태풍으로 황량해진 숲속에서 나는 한참을 서서 조용히 울었다.

그것은 환幻이었을까?

나의 가장 '핫'했던 여름날 새벽 산에서 나를 물고 허공으로 사라져간 벌과 나와의 조우遭遇……. 출판사의 연락을 기다리며 하루

하루 시간을 죽이던 날들과 가위에 눌려 소스라쳐 깨곤 했던 푸른 새벽의 공허, 기계처럼 일어나 매일 가던 그 산과 등 뒤에서 나를 덮칠 것 같던 미친 사람의 손도끼, 산의 오르막길에 내가 쌓았던 돌탑과 미지의 누군가 그 돌탑 위에 올려놓았던 남근석男根石과 그 모든 슬프고 아름답던 일들이…….

불시에 침입한 산에서 온 방문객인 벌은 더 이상 어떠한 움직임도 보여 주지 않았다. 이별의 통보조차 없이 내 곁을 떠나갔던 연인이 죽음에 임박해 찾아와 용서를 구하는 듯 애처로운 모습이었다. 나는 차마 그 벌을 아무렇게나 쓸어 버릴 수가 없었다. 나는 그냥 마음이 아팠다. 어쩌면 시월의 마지막 밤이었기 때문이었는지도 모른다. 나는 죽어 버린 벌을 그 자리에 그대로 두고 잠이 들었다. 아침에 깨어나 보니 벌은 그대로 미라로 변해 있었다. 미세한 날개가 곧 날아가려는 듯 허공을 향해 안타깝게 촉수를 뻗치고 있었다. 나는 생명이 다한 그 조그만 벌을 수의壽衣를 입히듯 흰 종이에 곱게 싸 산속 아가위나무 아래에 흙을 파고 묻어 주었다. 그리고 산의 정령에게 간절히 빌었다. 이 산에서 온 불시의 방문객이 내게 단 1g의 천재적 영감이라도 가져다 줄 수 있기를. 그리하여 내가 "육신보다 더 적나라하고 뼈대보다 더 강하며 근육보다 더 탄력 있고 신경보다 더 예민한 이야기를 쓸 수 있기를."

작품에 몰입하는 치열이 놀랍고 부럽기만 하다. 그 얄캉얄캉하고 정갈한 외모 속 어디에 그토록 뜨거운 집념이 불타고 있을까. 대단한 열정이다. 작품의 소재와 배경을 이루고 있는 현장마다 발 부르트게 찾아가는 작가 정신 또한 놀라운 본보기이다. 그런데 그때마다 다투어 음양으로 지원하는 세력들이 속출한다. 창작촌에 잠시 머무는 동안 알게 된 인근의 노인에게 상경하자마자 손수 보약을 지어 보내는 등의 아름다운 마음 씀씀이 덕이리라.

1995년 「동서문학」으로 등단했으며, 어린이 위인전 『안창호』, 청소년들이 읽는 『도산 안창호 이야기』, 인문역사서 『세계 4대 해전』, 장편소설 『난설헌, 나는 시인이다』, 『송아지 아버지』 등을 펴냈다. 올봄에 조선 선조 대의 부안 기생 매창의 삶을 조명한 장편 역사소설 『매창』을 발간하여 각계의 반응이 뜨겁다.

숨은 얼굴을 그리다

돌담에 숨은 얼굴을 위하여

화순에서 올라와 차분해지면 편지를 보낼 참이었는데 이렇게
늦어지고 말았습니다. 연말을 맞이하여 서울 나들이를 두어 차례
하다 보니 시간이 훌쩍 지나가지 뭡니까. 여느 해하고 달리 저의
창작집을 내기로 한 출판사 송년 모임까지 다녀왔더랬습니다. 그
사이에도 자잘한 일들이 거듭해서 생겼습니다. 원래 사람 사는 일
이 다 그렇지 않습니까? 가을에 다녀갔던 베트남 화가가 이 겨울
에 초청 전시회를 하러 다시 우리나라를 찾아왔지요. 그 친구가
눈을 보고 싶다고 해서 서울에서 내려오는 길에 바로 강원도로 갔
지 뭡니까. 오후 두 시쯤 뉴스에서 울릉도와 강릉에 눈 소식이 있
다기에 부랴부랴 길을 떠났지요. 저와 가까이 사는 소설 쓰는 벗
과 함께였습니다. 원래는 지난 가을에도 저의 벗을 보러 왔던 길
에 저와 알게 된 베트남 친구였습니다. 다행히 대관령을 벗어나자

쨍쨍하던 하늘은 거짓말처럼 '눈 나라'로 탈바꿈했습니다. 경포대에 다다르자, 눈발이 퍼붓고 바다는 요동쳤습니다. 동해안 여행을 숱하게 한 저이지만 잿빛에 물든 겨울 바다는 오랜만에 마주하는 풍경이었습니다. 눈을 보고 싶다는 베트남 친구의 소원을 들어준 덕분에 저도 멋진 겨울 바다를 즐겼습니다.

화순에서 취재한 내용을 이제야 정리했습니다. 세 분의 삶을 풀어서 적어 놓았을 뿐입니다. 김 아무개 어르신은 농활을 준비한 곳에서 바라는 대로 르포를 써 줄 참입니다. 그리고 이장님과 형님인 박 아무개 어르신의 삶은 어찌해야 할지 더 깊은 고민을 해 봐야겠습니다. 저야 물론, 소설로 쓰고 싶은 마음이 굴뚝같지요. 먼저 김 아무개 어르신 르포를 완성한 다음에 찬찬히 생각을 다듬어야겠습니다. 소설로 쓰자면 그 연배의 어르신들을 좀 더 만나야 하겠지요. 한두 사람보다는 여러 분의 얘기를 들어야 지난 세월을 더욱 풍성하게 담아낼 수 있기 때문입니다.

문득, 어르신들의 삶을 접하면서 우리가 지난 세대의 삶을 너무 모르고 있다는 안타까운 마음이 들었습니다. 그분들이야말로 우리 현대사를 오롯이 보듬어 온 세대가 아니겠습니까? 그분들의 삶이 없었다면 오늘 우리가 있지도 않았겠지요. 이를테면 지지리 궁상을 떨면서, 징글징글한 가난에 허덕이면서, 일제 식민지 시대에 노예로 살고, 전쟁을 겪고, 군부 독재 암울한 때를 시골 농투성이로 질기게 살아온 그네들의 삶이 과연 오늘 무엇인가 하는 점입니다. 저는 취재를 하면서 우리가 잃어버리고 살아가는 것을 그분들은 간직하고 살아왔음을 알았습니다. 오늘 우리는 무작정 앞만 보고 달려가지 않습니까? 사람이 굶어 죽든, 지하철에서 떼로 죽든, 삼풍 백화점이 무너지고 콘크리트 더미에 깔려 죽든, 우리는 그저 국민 소득 이만 불, 삼만 불을 외치며 달려가기만 합니다.

왜 그렇게 허겁지겁 살아야 하는지는 얘기하지 않습니다. 도대체 국민 소득이 삼만 불이 되면 무엇을 어쩌자는 건지, 우리의 삶이 어떻게 된다는 건지 심각하게 묻지 않습니다. 얼마 전에도 대구에서 네 살 난 아이가 굶어 죽었지요. 비정규직으로 내몰린 노동자들은 작년에도 서너 명이 목숨을 던졌고, 한 해가 저물 무렵 마산에서 또 한 명의 노동자가 스스로 목숨을 버렸습니다. 살을 에는 겨울 추위가 극심한 이즘 비정규직 노동자들은 인간 대접을 해달라고 송전탑에 올라가서 절규하고 있습니다. 이 땅에서 살아가면서 자신의 삶이 어떻게 될지 알 수 없다는 것만큼 답답한 일이 어디 있겠습니까. 밥벌이가 벼랑 끝으로 내몰린 사십대 중반의 사내가 선택할 수 있는 게 고작 스스로 목숨을 끊는 겁니다. 그로서는 세상을 향해, 사회를 향해 던질 수 있는 최후의 항변이었는지도 모르겠습니다. 우리는 그런 세상에서 살아가고 있습니다.

동짓날 마을회관에 모여서 팥죽을 끓여 온 마을 사람들이 나눠 먹었다고 했습니까? 요즘 세상에서는 보기 드문 풍경입니다. 그

자리에 끼지 못한 게 안타까울 따름입니다. 저는 취재 때문이기도
했지만 도장리 골목을 여러 차례 돌아다녔습니다. 밤에도 골목골
목을 거닐어 보았습니다. 여느 동네에서는 볼 수 없는 돌담길입니
다. 도장리 밭이나 산에서 흔히 볼 수 있는 돌덩이였습니다. 헌데,
그 돌담의 높이가 다른 곳보다는 사람 머리 두어 개는 높았습니
다. 바로 그 점이 다른 곳에서는 볼 수 없는 도장리 돌담의 독특함
입니다. 돌담을 거닐며 이끼가 아니더라도 세월의 묵은 때를 느낄
수 있었습니다. 도장리가 생긴 지 삼, 사백 년이 됐다고 했지요?
그 세월 동안 얼마나 많은 사람들이 그 골목을 드나들었겠습니까? 골목을 한 굽이 돌고 돌을 만지면 숱한 세월을 살다간 사람들의 목소리가 들릴 듯했지요. 골목을 밟아 가면서 이 돌담을 고스란히 보존했으면 하는 바람이 들더군요. 군데군데 허연 시멘트 블록이 볼썽사납기는 하지만 그것은 뜯어고치면 그만이지요. 동네 위로 가 보니까, 새로 지은 생뚱맞은 집들이 눈에 거슬렸습니다. 훗날 돌담의 값어치를 아는 날이 온다면 그 따위 어긋나는 집이야 대수겠습니까. 물론, 그때가 되면 골목을 덮고 있는 콘크리트도 걷어 내야겠지요. 동네 사이사이에 들어선 빈집도 맞춤하게 손을 보면 될 겁니다. 김 아무개 어르신의 집에서 돌담을 새로 쌓은 것을 보았습니다. 지난 여름 장마에 허물어졌다는데 김 아무개 어르신이 말끔하게 다듬어 놓았더군요. 한눈에 아, 무너진 곳을 새로 쌓았구나 싶어서 여쭤 봤더니, 어김없이 불과 며칠 전에 어르신께서 손을 봤다더군요. 그분의 솜씨야 제가 이 자리에서 말하지 않더라도 잘 알고 있으리라 믿습니다. 김 아무개 어르신 같은 분들이 나선다면 돌담 복원하는 거야 식은 죽 먹기 아니겠습니까. 콘크리트가 사라진, 구불구불한 돌담이 수놓은 도장리 풍경을 그려 본다는 것만으로도 즐겁습니다. 언젠가 그런 날이 반드시 오리라 믿습니다. 요즘 전국 곳곳에서 '뜬다'는 민속 마을이 별쭝맞은 것이겠습니까? 전통이라는 이름으로, 우리네 살림살이를 잘 보존해서 후손들에게 보여 주자는 거지요. 돌담을 만지면서 저는 대문이며 울안을 기웃거렸습니다. 한결같이 마당 건너편에 두엄을 쌓아

두는 헛간이 있고, 농사 박물관에나 있음직한 옛 농기구들이 즐비
했습니다. 도장리 어른들의 피땀이 밴 농기구들은 불쏘시개로 날
려 버리거나 허섭스레기 취급을 할 게 아니라, 후손들에게 물려줄
귀중한 유산입니다.

　도장리 골목을 돌아다니면서, 사람들을 만나면서 참 평화롭게
살아간다는 느낌을 받았습니다. 남의 것을 빼앗지 못해 안달을 하
는 바깥세상하고는 다른, 사람 사이에 도타운 정이 흐르고 있음을
알아챘습니다. 그것은 이즈음 세상에서는 좀처럼 맛보기 힘든 사
람의 냄새였습니다. 오랜 세월 대물림해 온 '사람의 향기'가 거기
에 있었습니다. 사람이란, 모름지기 이렇게 어우러져 살아가야 한
다는 깨우침을 도장리 돌담은, 도장리 사람들은 저에게 일러 주었
습니다. 도시의 삶은, 아니 자본이란 괴물은 세상에서 사람의 온
기를 앗아간 지 오래되었습니다. 희미한 씨앗불 같다고나 할까요,
인간이 언제까지나 간직해야 할, 꺼지지 말아야 할 소중한 불씨를
저는 그곳에서 봤습니다.

　아직 흐릿한 줄기만 잡혔지만 어르신들의 삶을 되살리는 일이
무엇을 뜻하겠습니까? 비록 없이 살아도, 물질은 풍요하지 않아
도, 사람이 사람을 귀하게 여길 줄 아는 사람다움을 존중하고 보
듬어 안아야 하는 것은 살아 있는 우리의 몫이 아니겠습니까? 사
실, 소설에 담아야 할 이야기를 이렇게 늘어놓는 것은 별 재미도
없지요. 그저 안타까움에 주절주절대 봅니다. 여하튼, 소설의 내

용이 어떻게 풀려 나가든, 그네들의 삶을 불씨처럼 받드는 작업은 누군가 해야 한다고 봅니다. 어르신들이 하신 말씀이 떠오릅니다. 보릿고개를 잘 알고 있을 겁니다. 그 지겨운 세월을, 보리죽을 먹은 날들을 되돌아보면서, 그분들은 그때는 암이라는 걸 모르고 살았다는 겁니다. 요즘은 먹는 게 넘쳐서, 사람이 입에 넣지 말아야 할 것들을 얼마나 많이 먹고 있습니까? 차고 넘치는 우리의 먹을거리들을 되짚어보는 순간, 어르신들의 말씀에 절로 고개를 끄덕이고 말았습니다. 탐욕에 찌든 인간이 넘치는 세상에 어르신들의 넋두리는 신선한 충격으로 다가왔습니다. 우리가 잃어버리고 있는 것들을 어르신들은 잊지 않고 계셨습니다.

마을회관에서 막걸리를 마시면서 들었던 이야기는 무척 흥미로웠습니다. 조광조를 비롯한 유생들의 발자취와 갑오 농민혁명이나 저 1980년도 광주 민중항쟁이 어디에서 비롯되었는지를 더듬어 본 것만으로도 뜻깊은 시간이었습니다. 몇 해 전에 장성 출신 '하서 김인후'가 남긴 글이 번역되었듯이 요즘에는 옛사람들의 글이 새롭게 태어나고 있어서 반갑기 그지없습니다. 하지만 관심만 있지 변변히 읽어 본 책이 없지 뭡니까. 차츰차츰 조선의 유학이 무엇인지 공부해 보고 싶은 욕심만 있지 엄두를 못내고 있습니다. 그렇다고 해서 심각하게 파고들지는 못할 겁니다. 다만 오늘을 올바로 알기 위해서라도 옛사람들의 삶에 기대고 싶기 때문입니다.

생각만 있지 여력이 없어서 전혀 손을 못 대고 있으니 갑갑할 따름입니다.

저는 사실 옛사람들의 풍류에 관심이 많습니다. 이를테면 김홍도가 인왕산에서 보낸 봄나들이는 그야말로 한 폭의 그림을 떠올리게 합니다. 하루 종일 술을 마시고 놀면서 그 자리에 참석한 선비들이 돌아가며 시를 한 수씩 읊어 댑니다. 그것을 고스란히 기록하고, 김홍도가 거기에 그림을 곁들입니다. 멋진 화첩 한 점이 완성되는 거지요. 또 다른 보기를 하나 들면 이렇습니다. 옛 선비들은 나이 차이가 많이 나더라도 학식과 인격을 바탕으로 벗으로 사귀기를 마다하지 않았습니다. 어느 날 나이가 많은 선비가 젊은 선비의 집으로 다니러갔지 뭡니까. 헌데 그 주인은 바깥나들이 중이었습니다. 하는 수 없이 나이 든 선비는 발길을 돌릴 수밖에요. 그런데 집에 돌아온 젊은 선비는 벗이 찾아왔다가 헛걸음을 했음을 알아채고 술상을 받쳐 들고 이내 뒤를 따릅니다. 서로 마음이 통했나 봅니다. 나이 든 선비가 다리 위에 자리를 깔고 거문고를 타고 있지 뭡니까. 젊은 선비는 술상을 고이 놓고 벗에게 잔을 따라 주었답니다. 이러한 예는 격식은 다르겠지만 완당과 초의의 사귐을 보아도 너끈히 알 수 있습니다. 제가 부러운 것은 옛사람들의 놀이입니다. '한량'이라고 해도 좋을 만큼 그네들은 노는 데도 품격을 갖추고 있었습니다. 그래서 저도 벗들과 함께 월악산에 가서 계곡에 발을 담그고 시집을 읽고 노래도 불러 가며 즐겨 보았습니다만, 옛사람들의 발뒤꿈치도 따라가지 못함을 깨우쳤을 따름입니다. 오늘 우리네 사람들이 노는 풍경이란 옛사람들에 비할 바가 못 됩니다.

이번 겨울에 민속 · 민요 · 구전설화 · 전설 따위를 채집하는 작업을 하겠다는 소식을 듣고 몹시 반가웠습니다. 여유가 있다면 당장이라도 함께 하고 싶은 마음이 마구 샘솟는군요. 다만 며칠이라도 말입니다. 안 그래도 앞서 밝혔듯이 어르신들을 더욱 많이 만나 보고 싶기 때문입니다. 저도 어르신들과 마주 앉은 자리에서 '참때 꾸리'라든지, 거름을 뜻하는 사투리 '망웃'을 처음으로 들었습니다. 전라남도 출신 젊은 친구들도 모르더군요. 그렇지만 어르신들의 입에서는 술술 흘러나왔습니다. 지금 그분들의 삶을 수집하고 기록하지 않는다면 영영 어르신들의 삶은 묻혀 버리고 말 겁니다.

'작가회의'에서 농활을 준비했다는 연락을 받고, 갈 수 있느냐, 어디로 갈 것인지를 물었을 때, 저는 주저 없이 화순으로 결정했습니다. 왜냐하면 팔월에도 화순을 이박 삼일로 두 차례 여행을 했고, 전라남도를 앞으로 두루두루 다녀 볼 참이기 때문입니다. 기왕 농활을 가려면 전라도로 가야 한다고, 화순으로 결정한 사람들은 은근히 지껄여 댔지요. 맛난 음식도 먹을 수 있고, 즐겁게 지낼 수 있으리라는 기대를 은근슬쩍 가졌답니다. 사실 '농활'이라는 말은 어울리지 않지요. 갑작스레 준비를 하다 보니 적당한 말이 떠오르지 않아 학생들도 아닌데 '농활'을 얼떨결에 갖다 붙인 꼴이 되었지요. 글쟁이와 그림 그리는 사람, 사진 작가, 노래하는 사람, 연극하는 사람이 우르르 몰려가서 무슨 농사일을 하겠습니까. 예술에 몸담고 있는 사람들이니 자신들의 특성을 살릴 수 있는 일을 하는 게 맞춤하지요. 그것도 겨울에 오박 육일이니 부산을 떨 일은 아니지 싶습니다. 하여간 화순으로 가기로 한 저의 결정은 참으로 옳았습니다.

제가 전라남도를 본격적으로 여행하기 시작한 것은 1990년대 중반으로 기억하고 있습니다. 보성 출신 후배하고 진도까지 일주일 동안 걷거나 버스를 타고 돌아다녔습니다. 모든 음식에 깨를 넣고 있음을 알아챈 것도 그때였습니다. 그 다음에는 2001년쯤 혼자서 다시 경상도 남해에서 보길도까지 돌아다녔습니다. 그때도 많은 것을 보고 듣고 했습니다. 진도에서 들일을 하다가 술을 마시며 노래를 하는 아낙네들을 잊을 수가 없습니다. 저 자신도 모르게 발길을 멈추고 삼십 분이나 구경을 했으니까요. 하여간 그 뒤로 시간이 나면 남도를 찾아 나섰습니다. 2003년도에는 민주화운동기념사업회에서 발간한 『윤상원 평전』을 쓰느라고 여름 한철 광주를 들락거렸지요. 그 무렵 남도 음식에 몹시 취했습니다. 남도에서 며칠 머물다 서울에 가면 식당 음식이 입에 들어오지 않는다는 얘기를 저도 일찍이 들은 바 있습니다. 설마 그럴까 했는데, 광주에서 석 달 보내면서 그 말을 실감했습니다. 취재를 한답시고 닷새나 일주일 머물다 서울에 올라가면 도저히 식당에서 밥을 못

먹겠더군요. 참, 얄궂은 경험이었습니다만 한편으로는 몹시 신기
했지요.

이참에는 화순 도장리에서 한 주를 보내다 보니 남도 말이 자연
스레 귀에 들어옵니다. 참으로 크나큰 소득이지요. 하지만 뭐니
뭐니 해도 중요한 건 사람입니다. 아무리 음식이 맛나더라도 사
람에 비할 수 있겠습니까. 저는 얼마 전부터 사람의 소중함을 뒤
늦게 깨달아 가고 있습니다. 좋은 벗을 사귀는 일이야말로 사람
살이에서 무엇보다 고귀한 일임을 되새기고 있는 거지요. 밤늦도
록 서너 차례 막걸리를 마시면서 나누었던 얘기를 잊을 수가 없습
니다. 이번 화순 나들이에서 김 아무개님과의 만남은 저로서는 큰
기쁨이었습니다. 아파트 평수를 늘리고, 땅을 사고, 주식 쌓아 두
기에 아수라판이 된 이 세상에서 좋은 벗을 사귐은 참으로 살맛을
나게 합니다. 다들 허덕이며 살아가다 보니 사람살이라는 게 보잘
것 없을 때도 있습니다. 불과 몇 년만 못 만나더라도 말이 통하지
않는 친구들이 숱한 세상입니다. 그러다 보니 차츰 사람들이 눈에
들어오기 시작하더군요.

몇 년 전에 창작집 때문에 알게 된 벗이 있습니다. 그 친구가 지
금은 충남 홍성에 내려가서 농사를 짓고 있습니다. 문리대 국문과
를 나와 노동운동을 하다가 출판사를 했지요. 그러다 출판사를 후
배에게 물려주고 느닷없이 시골로 내려간다지 뭡니까. 시골에는
살아 본 적도 없고 아무 연고도 없는 곳이었습니다. 풀하고 나락

을 구별도 못하는 친구가 쌀농사를 짓는다고 무모하게 뛰어든 겁니다. 헌데, 오년 만에 시골에서 농사지으며 겪은 일을 책으로 써냈고, 농약을 쓰지 않고 쌀농사를 거뜬히 지어 내고 있습니다. 알음알음으로 주위 사람들이 그 친구의 쌀을 다 사갔습니다. 이 부박한 시대에 그 친구는 정직하게 세상을 살아가고 있습니다. 아무리 세상이 돈벼락에 휘몰아치더라도 꿋꿋하게 살아가는 벗이 있음은 얼마나 든든합니까. 이른 봄 연둣빛 이파리를 눈에 담아내듯이, 가을날 계곡 물에 떨어진 단풍을 들여다보듯이, 그 전에는 못 보던 '사람'이 눈에 들어오기 시작했습니다. 예전에는 모르던 기쁨입니다. 그러니 흐르는 세월을 무작정 탓할 노릇만은 아니지 싶습니다.

윤동수 | 소설가

참 편하다. 그와 함께 있으면 불편한 자리도 이내 편안하다. 웬만해선 거절하지 못하는 사람 좋은 이웃 아저씨지만 속은 시대적 고민에 대한 결연한 의지로 꽉 찼다. 젊은 진보이면서도 합리적 객관을 놓지 않는다. 때로 그 명징한 의식의 저변에는 백아산 막걸리에 취한 최희준의 하숙생이 똬리를 틀고 있다.
1990년 계간 「사상문예운동」으로 등단했으며, 장편소설 『짧은 생애』, 윤상원 평전 『오월의 입맞춤』, 이현중·이해남 평전 『당신은 나의 영혼』, 작품집 『바람이 우리를 데려다 주리』, 산문집 『어느 소설가의 바보 같은 연애편지』 등이 있다.

견건곤최상문장 見乾坤最上文章

늦가을이었다. 아침부터 무기력했다. 세상으로부터 동떨어져 있는 것 같고 내 자신조차도 나와 상관없이 방치되어 있는 듯했다. 때로 찾아오는 울적함에 몸이 잠식당한 날이었다. 흐린 날씨에 찬바람이 창을 흔들어 댔다. 해야 할 일은 많아도 하고 싶은 일, 할 수 있는 일이 없는 날, 종일 텔레비전이나 쳐다보며 지내게 될 하루가 회색빛으로 펼쳐져 있었다. 바람에 쫓기듯 이불 속으로 기어들었다. 젊었을 때는 때로 불안에 영혼이 잠식당했는지 몰라도 언제부턴가 울적함에 심신이 무력해지곤 했다.

점심때 지나 허기가 찾아들었을 때에야 친정집에 가자는 생각이 떠올랐다. 세수하지 않고도, 얼굴만 들고 가도 반겨 주는 엄마가 있는 곳 아닌가. 아무것도 못할 바에 엄마한테 효도나 하자 싶어진 것이다. 할 일이 떠오르니 생기가 났다. 기운이 나니 할 일과 하고 싶은 일들이 줄 서듯 찾아들었다. 이부자리에서 빠져 나온 옷차림에다 외투 걸치고 모자 뒤집어쓰고 노트북 들고 집을 나섰다.

한 시간 반을 달려 친정 가까운 곳에 이르면 늘 먼저 들르는 곳이 농협 마트였다. 내 집에서는 언덕을 구르듯 무작정 나설망정 친정이 가까워지면 쉰 살 가까운 딸내미의 습성이 복원되기 마련이었다. 쇼핑 목록은 언제나 비슷했다. 딸내미가 친정 가는 길이므로 고기 좀 사고, 엄마가 좋아하는 과일과 아이스크림을 사고, 내가 밤에 마실 맥주 몇 병과 아버지 묘소에 따라 올릴 매취 술 한 병, 아버지 앞에서 내가 마실 술도 또 한 병.

아버지는 3년 전 정초에 돌아가셨다. 나는 임종을 지키지 못했다.

병환으로 일 년 가까이 병원과 집을 오가던 아버지가 집에서 설을 지낸 정월 초사흗날이었다. 명절 지내고 다 떠난 자리에는 편찮은 아버지와 아버지 간병에 지친 엄마와 나만 남아 있었다. 초사흗날이 되자 나도 내 집으로 가고 싶었다. 아버지가 편찮아서 친정에 먼저 왔다가 시댁 가서 설 지내고 다시 친정에 와 있던 참이었다.

일 년 내내 집안에서 뭉그적이며 하는 내 일이야 오늘 하나 내일 하나 일주일쯤 뒤에 하나 상관없지만, 홀로 지낼 수 있는 시간과 공간이 그리웠다. 폐색전증을 앓고 계시는 아버지는 어차피 병원으로 들어가야 하는 상황이었다. 아버지 간병은 엄마의 몫이지

내 일이 아니므로, 일이 있다는 핑계로 서둘러 아버지와 엄마를
병원으로 모시고 갔다.

"며칠 뒤에 다시 올게요, 아버지. 힘들다고 엄마한테 짜증 부리
시면 안 돼요. 아셨죠?"

내가 아이 어르듯 달래자 아버지는 미소만 지었다. 쓸쓸한 미소
였다. 다 저 살기 바빠 하루라도 더 곁에 있어 주려 하지 않는 자
식들이 서운하신 것 같았다. 하지만 나는 아버지 손 한 번 잡아 흔
들고는 병실을 벗어났다. 일주일여 만의 귀가 길이었다. 명절과
아버지의 병환에서 벗어난 심신이 얼마나 홀가분하던지 병원 나
오면서 엄마 아버지는 까맣게 잊었다. 노래를, 차 안이 쾅쾅 울려
내 몸의 세포들을 뒤흔들 정도로 크게 틀어 놓고 악 쓰듯 따라 부
르면서 느릿느릿 운전했다. 덕분에 한 시간 반이면 들어올 길이
두 시간 걸렸다. 집에 도착해 짐 풀 새 없이 커피 한 잔 끓여 마시
고 도착했다는 전화를 드리려는 참에 전화가 울렸다. 엄마였다.
엄마가 물었다.

"어디냐? 도착했냐?"

내가 대답했다.

"지금 막 들어왔어요."

엄마가 말했다.

"다시 오니라. 느 아빠 좀 전에 막 가셨다."

아버지 묘소는 친정 동네 입구의 선산에 있었다. 길가에서 이백여 미터쯤에 있으므로 친정 갈 때마다 아버지 묘소에 먼저 들르기 마련이었다. 아버지 묘소로 오르면서야 성글어진 단풍을 보았다. 형형색색 생생하던 빛깔이 두어 바탕 빠져 나가 소슬해진 산야가 겨울을 당겨 들이는 참이었다. 나뭇잎들이 마구 떨어져 내렸다. 아버지의 봉분에도 마른 이파리 몇 개가 걸려 있었다. 묘소 주변 숲에는 구절초가 아직 남아 있었다. 인사는 늘 같았다.

“아버지 저 왔어요.”

아버지 위쪽으로 계시는 할아버지, 할머니들을 향해서도 큰소리로 외쳤다.

“저 왔어요. 잘들 계셨죠?”

술은 뚜껑 따서 병째 차려 놓고 절하고 봉분을 두어 바퀴 돌았다. 다른 계절이었더라면 뗏장 위에 돋아난 풀을 뽑았겠지만 계절이 계절인지라 철없이 나 있는 쑥도 예뻤다. 두 번의 겨울을 겪으면서 아버지 묘소 주위에 제일 먼저 피는 꽃이 진달래라는 걸 알게 되었다. 엇비슷하게 제비꽃들과 흰 민들레가 피고 그 다음에 자줏빛의 엉겅퀴가 흔하게 피어나는 것도 보았다. 가을에 구절초가 피는 걸 알게 된 작년 가을에는 탄성을 터트렸다. 일부러 심은 꽃나무는 오빠가 사다가 심은 목백일홍 한 그루뿐인데 아버지는 꽃밭 가운데에 계셨던 것이다. 생전의 아버지가 좋아한 『채근담』의 한 문장과 닿아 있기도 했다.

‘숲 사이 솔바람 소리와 바위에 흐르는 샘물 소리 고요히 들으면 천지자연의 음악임을 알 수 있고, 풀섶 사이 안갯빛과 물속의 구름 그림자를 한가하게 보노라면 이 세상 최고의 문장임을 알게 된다.’

“그러니까 아버지는 이제 최고의 문장이 되신 거죠? 곧 겨울이 닥칠 거니까 나뭇잎은 그냥 덮고 계세요. 내년 봄에 치울게요.”

봉분을 다독여 놓고 내 몫의 술병을 따서 한 모금 길게 마시며 마른 풀밭에 앉았다.

237

"좀 이따 집에 가면 엄마가, 부녀지간에 자알 한다, 그러시겠네요. 근데 엄마도 참 웃기지 않아요? 맨날 술이냐? 또 술이냐? 그러면서도 안주 만들어 주시잖아. 옛날에 아버지 술 끊으시기 전에, 아버지하고 나하고 술병 들고 마주 앉으면 온갖 잔소리하면서도 안주를 내 주셨고. 나는, 아버지 젊고 나 어렸을 때 술상머리에서 집어먹었던 안주들이 가끔 그리워요. 그 시절이 그리운 거겠죠? 다시 젊어지거나 어려지고 싶은 생각은 눈곱만큼도 없는데 아버지 안주를 축내면서 술상머리에 붙어 있던 시절은 생각나거든요. 그 자리들 덕분에 제가 술을 좋아하게 됐는지도 몰라요. 그러니까 내 술의 책임은 아버지, 엄마한테 있는 거라구요. 인정하시죠?"

주저리주저리. 지난여름 입대한 뒤 호되게 아파 내 맘을 아프게 하는 아이에 대해 말했다. 죽어라 써도 죽어라 팔리지 않는 내 소설을 이야기했다. 속절없이 쌓여 가는 내 나이와 나를 서운하게 했던 주변 사람들을 흉봤다. 두서없이 주절대는 사이 내 몫의 술병이 비었다. 아버지 앞에 놓였던 술을 가져다 홀짝이며 계속 주절거리다 보니 취했다. 취하니 눈물이 났다. 삐쭉삐쭉 울다가 낄낄 웃으며 홀로 난장을 치고 나니 머리가 맑아졌다. 몸도 개운했다.

"오늘 저, 이러고 싶어서 왔나 봐요, 아버지. 아주 시원해요."

잘했다, 아버지가 맞장구를 쳐 주시는 것 같아 또 웃는데 전화기가 울렸다. 엄마였다.

"아까 아까 온다드니, 어디냐? 또 느 아빠 산소에서 술 마시고 있냐?"

"옙."

"자알 한다! 곧 어둬지는디 그만 놀고 내려 와라. 니 오래비가 낙지랑 소라랑 사 가지고 온다드라."

읍내에 직장을 두고 있는 오빠는 수시로 드나들었고 아버지가 돌아가신 뒤로는 일주일에 한 번씩 시골집에서 잤다. 덕분에 엄마는 늘그막에 큰아들을 끼고 사는 듯한 호사를 누리게 되었다. 니 누이가 온다드라, 하며 전화를 했을 터였다. 퇴근길에 맛난 것 좀 사서 들어오라고.

"아버지, 저 이제 내려갈게요. 엄마가 얼른 오라고 성화시잖아요. 심심하면 아버지도 집으로 따라 오세요. 집에서 계속 마시게요."

왔을 때의 순서대로 아버지한테 인사하고 조상님들한테도 큰 소리로 또 오겠노라 외쳐놓고 산을 내려왔다. 날이 저물고 있었다. 집에는 어느새 불이 환히 밝혀졌다. 아래채 방의 불도 켜져 있었다. 아랫방은 자그만 방 두 칸이 가운데 장지문을 달고 연이어져 있는데 생전의 아버지는 한 칸을 서실로 쓰셨고 한 칸에서는 주무셨다. 아버지 돌아가신 뒤에 그 방을 차지한 사람은 나였다. 짐을 들어놓느라 문을 여니 한참 전부터 불을 땠는지 훈기가 가득했다. 벽에 걸린 족자에는 아버지가 고스란히 어려 있었다.

林間松韻 石上泉聲 靜裡聽來 識天地自然鳴佩

草除煙光 水心雲影 閒中觀去 見乾坤最上文章.

송은일 | 소설가

금세 누구와도 격 없이 어울리는 단순 소탈 속에 벅찬 활화산과 번뜩이는 예지의 칼날을 감추고 있다. 그러기에 한살 집필 중인 그의 서재는 긴한 화두를 들고 선가의 보도를 다듬는 장인의 치열로 숨이 막힌다. 고금의 역사와 신화, 전설을 두루 다의적으로 섭렵하게 하는 그의 장쾌하고 웅혼한 상상력은 그처럼 혹독하면서도 뜨거운 열정의 산물인 것이다.

1995년 광주일보 신춘문예로 등단했으며, 2000년 여성동아 장편소설 공모에 『아스피린 두 알』이 당선되었다. 장편소설 『불꽃섬』, 『소울메이트』, 『도둑의 누이』, 『한 꽃살문에 관한 전설』, 『반야 1.2』, 『사랑을 묻다』, 『왕인 1, 2, 3』, 『천개의 바람이 되어』, 작품집 『딸꾹질』, 『남녀실종지사』 등이 있다.

이름 모르는 꽃

바람 불고 나뭇잎 지고 술상 위에 더 이상 술 주전자가 나오지 않았습
니다 막차를 타기 위해 취하지 않은 사람들 총총히 떠나가고 바깥 어둠까
지 껴입고 겨울을 견디면서 흔들리는 노래로 남아 있던 사람들 마지막 술
잔을 비우고 비틀거리며 또는 고개를 숙이고 몇 사람은 택시를 타고 몇
사람은 어두운 거리를 걸어서

흩
어 졌
습 니 다

이제 버스도 서지 않고 그냥 지나친다는 길 따뜻하게 백열등 켜고 추운
세상 사람들 맞이하던 달맞이집 문 닫고 고장난 가로등 아래 채곡채곡 쌓

인 어둠만 험상궂은 얼굴로 길 막는다고 합니다 라이터 불 하나에도 쉽게
불붙어 어둠 한가운데서 등불처럼 환해지던 당신 높새바람 불고 간 뒤 가
물거리는 가슴 부여안고 떠나가더니 그 뒤에도 자주 큰 바람 불었습니다
가물거리는 삶 아직 무사합니까

— 졸시, 「안부」

용산역에서 기차를 타기로 했습니다.

오랫동안 고개를 숙이고 있던 그 사람이 이렇게 보낼 수 없다고
대전까지만 함께 오겠다면서 표를 샀습니다.

지금은 없어져 버린 목포까지 가는 호남선 비둘기호였습니다.

대전까지만 같이 오겠다던 그 사람은 끝내 내 손을 놓지 못하고
광주까지 오고 말았습니다.

이른 아침 광주역에 내린 우리들은 서로 다른 곳으로 가는 버스
를 타고 헤어졌습니다.

계속 손을 잡고 같은 길을 가기에는 서로에게 아직 갈 길이 많
이 남아 있었으니까요.

청계천의 자랑스러운 노동자이기도 했던 그 사람이 그날 밤 기
차 안에서 들려 준 아름다운 이야기입니다.

고향에는 닷새마다 장이 섭니다.

장날이면 장을 보러 가는 사람들만이 아니라 가까운 벗들을 만

나기도 하고 이런 저런 소식들도 들으려고 장에 가는 사람들도 있게 마련이지요.

깨끗하게 빨아 다린 하얀 두루마기를 차려 입고 장에 나가서, 농사일에 쫓겨 오랫동안 만나지 못했던 벗을 만나 술국 한 그릇에 막걸리 몇 잔 나누어 마시고 얼근하게 달아오른 기분으로 해어름판 황토길을 터벅터벅 돌아오시는 우리 아버지들.

생일조차 제대로 챙길 수 없도록 가난하고 일에 쪼들리던 아버지들은 그래서 장날을 촌놈 생일날이라고 했답니다.

이 두 노인도 그렇게 장에 나왔다가 만났습니다.

오랜만에 만난 두 사람은 손을 맞잡고 환한 웃음을 터뜨리며 서로 안부도 묻고 그동안 이런 저런 소식들도 주고받다가 막걸리나 한잔하자고 잘 아는 막걸리 집이나 국밥집으로 찾아들었겠지요.

그러다가 해어름 판이 되고 파장이 되어 얼근하게 취해 서로 부축해 주며 그만 집으로 돌아가자고 일어섰을 것입니다.

시장통을 벗어나 개울을 건너는 작은 다리쯤이었을까요?

잠시 쉬어가자고 길가에 앉아서 또 어떤 이야기를 나누다가 보니 세상에는 어둠이 깔리기 시작하고, 산몬당에 달이 떠오를 때까지 그렇게 앉아 있던 두 사람은 집에서 식구들이 기다리겠다고 다시 일어섰습니다.

신작로를 벗어나 공동 묘지 아래를 지나서 커다란 방솔나무가 있는 갈림길에서 이제 두 사람은 헤어져야 합니다.

서로 아쉬운 인사들을 나누고 저만큼 가다가 돌아서서 어서 가라고 손짓을 하는 벗을 바라보던 한 사람이 그 벗을 따라 나섰습니다.

"날도 늦었는디 내가 자네 집까지 바래다 줌세."

"그럴란가? 나도 어찌케 혼자 가끄나 허던 참이었네."

어두운 고갯길을 넘어 나락들이 누릇누릇 익어 가는 들 가운데를 지나 동네 앞 당산나무 아래까지 왔습니다.

"얼른 들어가소. 나는 그만 갈라네."

"이, 그래. 딜다 줘서 고맙네."

하얗게 달빛이 깔린 길을 돌아서 가는 벗을 지켜보던 한 사람이 갑자기 생각이 났다는 듯 저만큼 가는 벗을 따라 나섰습니다.

"자네를 어찌케 혼자 보내겄능가. 내가 바래다 줘야겄네."

"그러소. 나도 심심해서 어찌케 갈끄나 허고 깝갑했네."

바로 전에 벗을 바래 주러 여기까지 왔다는 것은 까마득이 잊어버리고 바래다 주겠다는 벗의 손까지 잡고 다시 밤길을 걷는 두 사람, 그렇게 서로 바래다 주겠다고 따라나서서 밤이 깊도록 고갯길을 몇 번이나 오갔답니다.

대전까지, 광주까지…….

혼자 보낼 수 없다며 따라나섰던 그 사람을 나는 혼자 돌아가도록 내버려 두었습니다.

그 뒤로 우리는 다시 만날 수 없었고, 나는 여기까지 와 있습니다.

아름다운 이야기를 들려 주었던 아름다운 그 사람은 지금 어디
까지 가 있는지!

다시 보고 싶은 새벽입니다.

2000년 10월 29일

작은 꽃을 만났는데

이름 알 수가 없다

내가 가진 작은 식물도감에도 없고

꿈꾸던 옛날 얘기를 더듬어도 없고

가슴에 묻어 다니는

아버지 노래 가락에도 없고

그런데도 웬일로 낯익은 꽃

이렇게 만난

이름 모르는 꽃의 이름은

뿌리 속에 숨어 있다

그러나 뿌리가 파 헤쳐진 꽃은

아물지 않는 상처

그럼으로 저 꽃은

그냥 이대로 이름 모르는 꽃

- 졸시, 「이름 모르는 꽃」

오랫동안 산으로 들로 꽃을 찾아다녔습니다.

실은 꽃이 아니라 사람을 찾아 다녔습니다.

아니지요.

사람이 아니라 사람의 이름을 찾아 다녔습니다.

결국은 꽃을 찾아다녔습니다.

일을 하다가 일이 끊기는 날이면 새벽같이 일어나 사진기를 챙겨 들고 첫차를 타고는 했지요.

창원에서 살 때였습니다.

부산에서 광주까지 가는 일반 고속버스를 타고 가다가 고향 가까운 주암이라는 고속도로 정류소에서 내리고 나면 아직 아침이슬이 가시지 않은 아침나절이 되고는 했습니다.

들을 지나 낮은 산등성이를 넘어, 중학교 옆 정류소에서 광주 가는 버스를 기다려 타고 이십 리쯤 떨어진 면 소재지에 내리면 혹시 아는 사람들을 만날까 봐 애써 얼굴을 감추고 서둘러서 찾아 가는 길이 있습니다.

이미 오래전에 끊겨 버린 길이지요.

차가 다니지 않고, 사람들의 발길도 뜸해져서 길 가운데까지 걸

그 길가에 피는 꽃들에서는 그리운 사람의 숨소리가 들립니다. 그 길가에 피는 꽃들은 첫 입맞춤의 향기로움이 여전히 감돌고 있습니다. 그 사람이 앉았던 언덕, 그 사람이 돌아보며 눈웃음 보내던 길모퉁이, 그 사람이 남기고 간 흔적 하나도 지워지지 않고 떠오르는 그 길. 나는 그 길에 피는 꽃에서 그리운 사람을 만나고는 합니다.

어 나온 꽃들과 풀, 나무들이 무성한, 그러면서도 여전히 사람의 흔적이 조금씩 남아있는 그 길은 잊을 수 없는 사람이 함께 걸었던 길이기도 하지요.

그 길가에 피는 꽃들에서는 그리운 사람의 숨소리가 들립니다.

그 길가에 피는 꽃들은 첫 입맞춤의 향기로움이 여전히 감돌고 있습니다.

그 사람이 앉았던 언덕, 그 사람이 돌아보며 눈웃음 보내던 길모퉁이, 그 사람이 남기고 간 흔적 하나도 지워지지 않고 떠오르는 그 길.

나는 그 길에 피는 꽃에서 그리운 사람을 만나고는 합니다.

이름을 알 수 없는 꽃들을 만나면 그리운 사람의 이름으로 부릅니다.

그러나 이십 년 가까이 꽃들을 찾아다니는 동안 너무 많은 꽃들의 이름을 알아 버려서 이제는 그리운 사람의 이름으로 불러줄 꽃들을 만나기가 힘듭니다.

요즘은 사진기를 들고 나갈 때 같이 들고 나가던 작은 식물도감 책을 갖고 다니지 않습니다.

이름 모르는 꽃들을 만나면 그냥 이름 모르는 꽃으로 남겨 두고 그리운 사람의 이름으로 불러 주기 위해서…….

이미 알았던 많은 꽃이름들도 하나하나 잊고 싶습니다.

더 많은 꽃들을 그리운 사람의 이름으로 부를 수 있다면 그 꽃들이 얼마나 아름다운 모습으로 다가오겠습니까.

꽃보다 사람이 아름답다고 하지만, 아닙니다, 사람보다 꽃이 더 아름답지요.

그런데, 몸을 낮추어서 귀 기울여 작은 꽃에게서 그리운 사람의 숨소리를 들어 본 사람들은

꽃도 사람도 다 아름답다고 한답니다.

김해화 | 시인

아직까지도 자본에 오염되지 않은 순수 노동을 지향하는 고집이 안타까울 만큼 한결같다. 누가 그 동자승같이 순진무구한 표정에서 80년대 노동시의 절정인 『인부수첩』을 읽어 낼까. 마치 탁발승의 행장에나 비길 생활 한복에 덩치 큰 카메라를 맨 차림새는 그의 트레이드마크다. 작업장에 잠시 짬이 생기면 어김없이 산과 들로 달려가 시시각각 새삼스러운 가지각색의 야생화와 밀린 대화를 나누기 위한 오랜 숙제 탓이다.
『실천문학』으로 등단했으며, 시집 『인부수첩』, 『누워서 부르는 사랑노래』, 산문집 『김해화의 꽃 편지』 등이 있다.

정선, 도원, 시

모든 사람들이 그럴 테지만 나는 지치면 일단 숨는다. 이제 제법 이 도시에서 산 지 꽤 오래되었건만 나는 아직도 이방인 같다. 사방이 다 내가 쓰러지기를 바라는 관중으로 보이는 삼류 복서의 신세라고나 할까. 이렇게 숨어 봤자 고작 한나절이고 잠적해 봤자 먹고살기 위해선 내 스스로 다시 나와야 하지만 아무튼 사는 건 쉽지 않다. 이런 내 모습을 보고 친구들은 엄살 부린다고 놀린다. 고향이 서울인 시인은 나를 보고 말한다.

"넌 그래도 여차하면 도망칠 구멍이 있잖아."

그렇다 내겐 고향이 있다. 중학교를 졸업하면서 떠나온 고향, 이젠 부모도 모두 돌아가시고 낯선 사람들이 낯선 건물을 짓고 살고 있지만 그곳은 분명히 내 고향이다. 나는 살다가 살다가 정말 아주 지치면 정선으로 돌아간다. 한강을 거슬러서 올라가는 것이다. 내가 사는 서울은 한강의 하류이다. 세상의 온갖 것들이 떠밀려 와 붐비는 곳, 하지만 내 고향은 강이 시작되는 곳이다. 아무리 4대강을 개발하든, 모두 뚫어서 운하를 만들든 그곳만은 어쩌지 못한다.

 '정선' 하면 일단 사람들의 머리에 떠오르는 말은 오지이다. 부인할 수도 없이 그곳은 적어도 남북통일이 되지 않은 한 한국의 대표적인 오지이다. 예전에 임금을 한 단종이 유배를 갔어도 정선보다는 위인 영월로 갔다. 아마 정선으로 보냈으면 중앙의 힘으로는 통제하기가 어려웠을 것이다. 정선아리랑 가사를 보면 '정선 읍내 일백 오십 호 모두 잠들여 놓고서……'란 가사가 나오는데 읍내의 인구가 그 정도였으니 나머지는 안 봐도 훤하다. 한 마디로 잘라 말하자면 그때는 아마 사람 수보다 산봉우리 수가 더 많았을 것이다. 어렸을 때 학교 뒷산에 올라가 바라보면 봉우리 뒤에 봉우리, 봉우리 뒤에 또 봉우리가 보이는 풍경의 전부였다. 지금도 정선군의 인구는 5만을 넘지 못한다. 아니 점점 더 작아지고 있다. 하루 걸려야 넘던 재들은 모두 터널이 뚫리고 비만 오면 진창이 되던 길은 모두 포장이 됐지만 젊은 사람들은 마땅히 벌어먹고 살 길이 없어 고향을 떠난다. 정선에는 아직도 초등학교 때부터 나와 놀던 친구들이 많이 남아 있다. 그들은 요행히 그곳에서 버티고 살 언덕을 잡은 행운아들이다. 살고 싶어도 자리가 없어 떠나는 사람들은 언제든 돌아갈 날을 기다리며 외지에서 산다. 그래서 허리가 허옇게 되도록 고향을 잊지 못하고 어쩌다 텔레비전에서 정선 비슷한 풍경이라도 나오면 눈이 번쩍 뜨이곤 한다.

내 시는 정선과 떨어져서는 설명할 수가 없다. 나와 함께 정선에 와 본 사람들은 정말 시인이 나올 수밖에 없는 곳이라는 데 공감한다. 이 고장 출신들만 아니라 다른 고장 사람들도 정선에 오면 작품을 남긴다. 황동규 시인의 시집 『몰운대 행』에 나오는 몰운대도 정선에 있다. 박지원의 『양반전』도 정선이 무대이고 무엇보다 수천 수의 가사에 서민들의 애환이 들어있는 「정선아리랑」이 있다. 이 나라의 대표 노래로 알려진 아리랑의 원조는 바로 「정선아리랑」이다. 대원군이 경복궁을 중건할 때 정선 사람들도 징발이 됐는데, 「정선아리랑」이 워낙 노동요의 성격이 강한지라 전국에서 징발되어 온 사람들의 입을 통해서 전국으로 퍼져 나간 것이다. 정선 사람치고 아리랑 한두 수 못 부르는 사람은 없다. 그리고 그 가사는 사람과 사람을 이어가면서 무수히 새롭게 탄생한다. 한 마디로 살아 있는 노래인 것이다.

사람은 살면서 몇 번의 아픈 이별을 경험한다. 상처 입은 짐승처럼 어쩔 줄 모르다가 가서 앉는 곳은 역시 강가이다. 정선의 강은 이른바 뱀이 기어가는 형상의 사행천이다. 한 쌍처럼 강 앞에는 깎아지른 절벽이 있다. 강변에 앉아 절벽을 바라보면서 돌도 던지고 고함도 지르고 노래도 부른다. 그리고 술병의 술이 다 떨어질 때쯤이면 날이 어둡고 나는 이제 내 사랑이 흘러간 물처럼 다시 돌이킬 수 없다는 것을 확인하는 것이다.

어디 사랑뿐이겠는가. 서툰 솜씨로 세상을 살면서 많은 직장을 옮겨 다녔다. 그간 쓴 사직서만 해도 족히 열 장은 넘는 것 같은데 그럴 때마다 숨 한 번 제대로 쉬면서 생각해 보려고 고향에 내려왔다. 그럴 때마다 내가 하는 짓이 뱀이 기어가는 듯은 강줄기를 따라 가는 것이었다. 차를 타고 가도 좋고 걸어도 좋았다. 그러면 산이 내게 말을 했다.

"넌 괜찮다, 아직 괜찮다……."

몰운대는 내 추억이 얽혀 있는 곳이다. 몰운대는 산길을 조금 올라가면 어느새 절벽의 위가 나오는 곳인데 수백 년 묵은 소나무가 돌 위에 솟아 있어 신비로운 느낌을 자아내는 곳이다. 지금은 그 소나무가 말라 죽어 잔해만 남아 있지만 내 기억 속에는 항상 푸르른 나뭇가지를 드리우고 있다. 내가 좋아한 모든 사람들과 내가 사랑한 사람은 모두 이곳으로 함께 왔다. 도대체 나는 절벽 위에서 그들에게 무엇을 보여 주려 했던 것일까. 내 사진첩에는 수많은 사람들과 푸르른 소나무 앞에서 찍은 사진들로 가득하다. 눈이 올 때도 비가 올 때도 몰운대는 항상 나의 순례지였다. 대학을 다니던 어느 겨울날 저녁 홀로 몰운대에서 한참을 앉아 있다가 집으로 돌아가던 버스 속에서 나는 또 다른 순례자를 만났다. 말없이 혼자 버스를 탄 그 사람은 시인 박정대였다. 그나 나나 같은 고향 1년 선후배 사이였지만 서로 글을 쓴다는 것만 알 뿐, 부러 만나지는 않던 사이였다. 우리는 어두워지는 산천을 보며 이런 저런 얘기를 했고 언젠가 기회가 되면 등단을 한 뒤에 함께 시화전을 하자는 얘기를 했다. 몇 년 뒤 우리는 시인이 됐고 이제는 약속을 하지 않아도 서울에서 마주치게 됐다. 하지만 언제나 기억 속에는 어두운 겨울 저녁 몰운대에서 정선읍으로 들어가는 버스 속에서 만난 문학 청년이 생각난다.

내가 자꾸 도원이란 이름을 정선에 겹쳐 쓰는 것은 정선의 옛 지명이 도원이기 때문이기도 하지만 또한 고향이 모두에게는 도원 같은 이상향이 아닌가 하는 생각에서이다. 나는 내가 도원에서 쫓겨난 사람 같다. 그래도 사는 게 너무 힘들면 버티다 버티다 더 못 버틸 것 같으면 정선으로 간다. 정선에는 내 혈족들이 있고, 초등학교 때부터 함께 지낸 친구들이 있다. 수많은 식당과 술집들을 하는 사람들이 다 내 지인들이다. 내가 만약 서울의 한복판에 만취하여 널브러져 있다면 사람들은 신문이나 한 장 덮어 주고 말겠지만 내 고향에서는 우리 형의 집으로 아마 전화가 수십 통 날아 갈 것이다. 아니 그전에 내 친구들이 날 업고 갈 것이다.

혼자서 술을 마시거나 한 사람만 더 데리고 가는 술집을 말하라면 나는 시장 안에 있는 부치기 골목을 들겠다. 시장의 한 켠에 죽 늘어선 작은 점포들이 메밀 전병이나 김치전을 파는데, 그곳에서 막걸리나 소주를 시켜 놓고 뜨거운 양철 위에서 만들어지는 음식들을 보는 재미가 그만이다. 어쩌다 비라도 내리면 얇은 시장의 지붕을 두드리는 빗방울 소리가 세상이 떠나갈 듯 울려 대고, 한 다리 건너면 모두 누군지 알 수 있는 사람들이 지나가며 던지는 인사가 정겹다. 그리고 그때쯤이면 다시 세상과 맞설 생각이 드는 것이다.

전윤호 | 시인

자전거를 즐겨 타며 시인들의 축구 모임에 열성인 것은 건강을 다지기 위한 자기 배려이기도 하겠지만, 역동을 통해 적정을 추구하려는 시풍과 무관치 않을 것이다. 애지중지하던 자전거를 뒤에 오는 입주 작가들을 위해 흔쾌히 선물하는 자상한 배려와 넉넉한 인심은 어울리게 넉넉한 풍채에서 나오는 것일까. 뚝뚝한 첫인상과는 달리 다가갈수록 다감하고 속 깊은 진국이다.

1991년 「현대문학」으로 등단했으며, 시집 『이제 아내는 나를 사랑하지 않는다』, 『순수의 시대』, 『연애소설』, 산문집 『공자 이 시대의 가장에게 설하다』, 시리즈 『한국 고전문학읽기』, 『역사야 친구하자』, 여행 에세이 『나에게 주는 여행 선물』 외 다수가 있다. 현재 한국시인협회 사무총장을 맡고 있다.

집, 그리운 공간들

아궁이

불이 내인다고 했다.

불쏘시개를 아무리 많이 넣어도 밀어 넣는 반대쪽으로 연기가 필 뿐 굴뚝과 바람의 상관관계에 대하여 알지 못했다. 바라지문을 열고 온 어머니가 바람의 방향을 읽은 것인가, 부시땅^{부지깽이}을 들어 밑불을 헤치고 좌우 공간을 만드니 그 틈으로 불씨가 살아났다. 내인 불이 아궁이 속으로 활활 타들어 가는 것이다.

밥을 안치고 휑하니 나간 어머니 대신 그 앞에 쪼그려 앉으면 따뜻하기도 하고, 차오르던 김이 무쇠솥이 흘리는 눈물 같아 왠지 서러웠다.

빚 독촉에 시달리던 아버지가 사우디에 가 있던 몇 년 동안 라디오에서 줄곧 흘러나온 노래는 현숙의 '타국에 계신 아빠에게'.

흰 칼라 깃의 교복을 입은 언니가 도회지로 가고, 학교 마크가 달린 모자를 쓴 오빠가 갔다. 열 식구가 부대끼며 살던 기억이 많지 않다.

나 또한 사춘기를 건너 그 집을 떠나 왔으니.

측간

커다란 항아리가 땅에 박혀 있었다.

항아리 입구에는 두 다리를 얹도록 널빤지를 고정시켜 놓았으나 밟을 때는 늘상 위태로웠다. 균형을 잃지 않으려고 조심조심 오른 뒤에 바지춤을 내렸다.

똥 소매를 내고 얼마 지나지 않아 물만 차오를 때면 첨벙첨벙 튀는 것을 막으려고 얼기설기 쑤셔 넣은 지푸라기가 민망한 사태를 막아 주었다.

날씨가 하도 맑은 날은 잠깐의 해찰다른 짓도 유쾌하였다.

댓잎 서걱이는 소리를 따라 고개를 들면 쪽문 밖은 시나브로 바뀌어 갔다. 삼월이면 티밥 같은 꽃이 소리없이 펑펑 피었던 자리, 겨우 손이 닿는 위치에서 따다 한입 베어 물면 시큼털털한 살구 맛 조금 더 기다릴 걸…….

후회는 꼭대기까지 타고 올라갔다. 샛노란 열매가 익기도 전에 눈발이 날리고 하염없이 날리고, 봄이 오고 또 꽃이 피고, 푸른 손

밤을 쉰 산과 들이 내뿜는 순수한 생기가

온몸을 에워싸는 짧은 시간.

바닥을 흔들어 대던 날들은 비에 젖었다.

삶의 무게라는 것이 사람에게만 허한 말이랴. 죽을 동 살 동 기를 쓰고 진창을 빠져나와 보니 죽음이 떠억 하니, 기다리고 있을 구더기의 생도 만만치 않은 것을.

마당

흰 연기 속에서 말들이 피어났다.

바람 한 점 없는 날, "모기를 쫓는 데는 마른 쑥 만헌 게 없제." 할머니 목소리부터 막내의 칭얼거림, "내 피는 13형이랑께. 내 팔에 그렇게 써 있당께." 갈겨 쓴 볼펜 자국 들이밀면 "잉, 너는 알파벳이란 걸 몰르제, 어디보자, 에이 비 씨 디, 네 피는 B형이여 B형!" 까륵, 까르르 웃던 언니. 달그락거리던 숟가락 소리 멈추고 덕석^{멍석}에 누워 있으면 이른 별들이 마중을 나와 있던 하늘. 크고 환한 것들을 먼저 가리키면서 저것은 무슨 별, 저것은 무슨 별이라 일러 주던 손 마구잡이로 떠 있는 것 같은데, 별들에게도 다 자리가 있었구나.

툇마루

멀리서 하모니카 소리가 났다.

문들음재를 넘으면 마을이 한눈에 보이고, 들 한가운데 우리집이 보이고, 친구들 꽁무니를 따라 걷던 발이 어느새 담바꾸^{담음박질}

치는 것이다.

돌아오신 아버지의 셔츠에는 어른 손바닥 반만 한 악기가 있었다.

보리 베고 나서 한 번, 모내기 하고 나서 한 번 두엄을 내거나 논두렁을 치고도 한 번, 그것은 이국 생활에서 얻은 아버지의 습성 같았다. 들숨날숨의 곡들, 그 중 단연 돋보이는 것은 '아리랑'이었지만 '찔레꽃', '청포도 사랑' 같은 유행가도 끼어 있었다.

텃밭 가장자리의 옥수수가 익을 무렵 할머니의 상여가 선산에 묻혔다. 선산이 바라다 보이는 마루에 앉아 오래오래 하모니카를 불던 아버지 청상의 할머니 애간장을 술로 다 태운 아버지.

이제 들을 수 없는 하모니카 소리.

고영서 | 시인

굼뜰 것 같은데도 속 빠르다. 순박하면서도 단호하다. 단아하면서도 소탈하다. 별로 못하는 술이지만 늘 자리를 흥겹게 해 준다. 혹시라도 그가 보이지 않으면 사람들마다 다투어 찾는 인기는 아무래도 식을 줄 모른다. 볼수록 청아한 강물에 명징한 칼을 숨기고 제자리서 유유히 흐르는 음유 시인이다.

2004년 광주매일 신춘문예로 등단했으며, 시집 『기린 울음』이 있다.

눈이 내렸다! 올해 들어 첫눈이다. 첫눈은 매년 내리지만 사람들은 매년 처음 내리는 눈에 특별한 의미를 두고 싶어 한다. 나도 첫눈이 내리면 왠지 가슴이 설레고 두근거렸다. 아마도 모든 '처음'은 순수하고 감동이 있기 때문일 것이다. 처음 느끼는 사랑이 그랬고 처음 발을 내딛는 직장이 그랬고, 첫아이를 낳았을 때가 그랬고, 처음으로 집을 장만했을 때가 그랬다.

첫눈이 오면 문득 오래 잊고 있었던 어떤 사람의 안부가 궁금해지기도 한다. 그러면 그와 함께 고구마 줄기처럼 주렁주렁 딸려 나오는 얼굴들이 있기 마련이다. 그리고 그 얼굴들과 인연을 맺었던 시절이 불려 나오고, 시공간을 초월하여 그들과 조우하기도 한다. 그때는 보지 못해서 서로 등을 돌리고 말았던 이유들이 이제는 선명하게 보인다. 그 아쉬움과 후회가 사람들의 맘속에 눈이

되어 내리는 것일 게다. 그래서 첫눈이 오면 나도 눈처럼 온순하고 푸짐해져서 누군가를 내가 더 많이 사랑하고 싶어지곤 했다.

십 수 년 전까지는 그랬다.

그런데 어느 때부터인가아마도 내가 자동차를 갖게 되기 시작하면서였을 것이다. 첫눈은 그저 눈일 뿐이고 눈이 오면 불편하다는 생각이 먼저 머릿속을 엄습해 왔다. 그래서 예전처럼 첫눈을 보고 낭만적인 감상에 젖어 있을 마음의 여유가 더 이상 없었다. 미끄러운 길을 달리며 내 정신은 바늘 끝처럼 날카로워지고, 질퍽거리는 길 위를 달리며 더러워진 차체 때문에 나는 수치심을 느낀다. 사람은 간 데없고, 자동차가 주인공이 되어 버린 도시 생활 탓이다.

도시는 속도와 편리만을 추구하다 보니 불편한 것은 모두 제거해 버려야 직성이 풀린다. 집이며 길이며 자연이며 차에게 불편함을 준다면 과감히 삭제해 버리고 도시를 만든다. 도시는 사막과 한가지다. 그곳에서 살아 내기 위해 사람들은 스스로 선인장처럼 몸에 가시를 세우고 버텨 낸다. 가시는 물기를 없애야만 만들어진다. 가시가 많을수록 사막을 버텨 내기에 용이하다. 도시는 지금 건조주의보가 발령 중이다. 내 몸도 그렇다.

올해는 정말 오랜만에 시골에서 첫눈을 맞았다. 어떤 인연으로 봄부터 광주에서 담양으로 출근을 하고 있다. 빽빽한 아파트 숲만 보다가 넓은 들녘 너머로 다가오는 산봉우리들과 매일 아침 눈인사를 나누며 출근을 한다. 건물들 사이로 조각 하늘만 옹색하게 봐왔던 도시와는 달리 높고 넓은 하늘을 올려다보면 심호흡이 저절로 나왔다. 답답했던 가슴 속으로 시원한 바람이 길을 내며 지나갔다. 그렇게 반복되는 날들의 약효였을까. 정말 오랜만에 기억의 밑바닥에 눌려 있었던 추억들이 하나둘 깨어나고 있었다.

오후가 되면서 어둑하던 하늘이 눈을 뿌리기 시작했다. 올해 첫눈이다. 첫눈 치고 꽤 송이가 탐스러웠다. 얼마 지나지 않아 창밖의 나뭇가지에 소복이 쌓였다. 일을 잠깐 멈추고 나는 창밖을 바라보았다. 나무들 너머로 들판이 눈에 들어왔다. 들녘은 먼 길을 달려온 파발마의 입김처럼 왁자지껄 눈이 붐비고 있었다.

그리 멀지 않는 거리인데 도시와 시골의 눈 내리는 풍경은 참 많이 다르다. 도시 아파트 내 집에서 첫눈을 보았다면 나는 틀림없이 걱정이 먼저 앞섰을 것이다. 얼마나 쌓일는지, 아파트 입구 오르막길에 염화칼슘은 넉넉히 뿌려 놓았는지, 제 그림자로 항상 그늘을 드리우는 아파트 주차장은 또 얼마나 얼어붙어 있을 것인지.

파발마의 입김으로 붐비던 들판은 무슨 소식을 부려 놓았는지 잠잠하다. 파발마는 다시 여기저기 동네도 소식을 부려 놓고 멀리 병풍산 쪽으로 내달렸다. 저 높은 산을 다 오르려면 한참 걸리겠다 싶었지만, 어느새 파발마는 병풍산에도 소식을 부려 놓고 하늘까지 날아오른다. 이제 세상은 한 가지 소식으로 다시 태어난다.

참, 순백한 세상이다. 여태껏 그 어떤 화가도 저렇듯 한 가지 색만으로 세상을 다 그려 내지는 못했다. 알록달록 제 색을 뽐내던 것들도, 깊거나 낮거나 제 높이를 재느라 아우성을 질러 대던 것들도, 사락사락 눈의 다독거림을 받고 순하디 순하게 모두 휴식을 취하고 있다. 나도 저 새하얀 세상에 나를 부려 놓고 싶어졌다. 내 몸에 덕지덕지 달라붙은 갖가지 건조증을 다 부려 놓고 싶었다. 안구 건조증도 부려 놓고, 피부 건조증도 부려 놓고, 추억에 대한 건조증도 다 부려 놓고 싶었다.

한참을 그렇게 첫눈 오는 풍경을 바라보고 있는데 거짓말처럼 가슴 속에서 뭔가 꿈틀거리는 게 느껴졌다. 온몸의 감각이 올올이 곤두섰다. 이대로 저 눈 세상으로 달려 나가 누군가를 으스러지게 껴안고 싶었다. 껴안고 눈 위를 뒹굴고 싶었다. 때마침 울리는 전화벨 소리에 가슴이 콩닥거렸다. 그리운 목소리가 전화기에서 튀어나올 것만 같았다.

"여보세요?"

가녀리게 떨리는 내 목소리가 한 톤 높아져 있었다.

나는 열일곱이 내가 눈 내리는 어느 거리를 서성이고 있다. 갈래 머리를 땋아 내린 머리 위와 빨간 목도리를 두른 어깨 위에 눈이 시간처럼 쌓여 있다. 발갛게 언 손엔 포장한 유리 상자가 들려 있다.

고등학교 1학년 때였다. 처음으로 남자 때문에 가슴이 울렁거렸다. 멀리서 보는 것만으로도 가슴이 벅차오를 만큼 그 애가 좋았다. 그러나 그런 마음을 내색할 수가 없었다. 내 성격이 조금 내성적이긴 하지만 아마도 그 시절엔 대체로 그랬던 것 같다. 여학생이 먼저 사귀자고 말 할 수 있는 정서가 아니었다. 바야흐로 고통스럽고 황홀한 짝사랑이 시작되었다. 그 무렵, 여학생들 사이에서는 종이학을 접는 것이 유행이었는데, 종이학 천 마리를 접으면 소원이 이루어진다고 믿었다. 특히 이제 막 사랑에 빠진 소녀들이 종이학 접기를 했다. 나도 종이학 천 마리를 접었다. 말이 천 마리지 그 걸 다 접으려면 시간도 꽤 걸렸다. 그 많은 날들을 좋아하는 남자애를 생각하며 한 마리 한 마리 종이학을 접고 있으면 행복했다. 학을 접으면서 그 애와 데이트도 하고 손도 잡는 상상을 하면서 혼자서 얼굴이 붉어지곤 했다.

종이학은 정확히 천 마리라야 한다고 했다. 천 마리에서 한 마리라도 부족하거나 넘으면 소원이 이루어지지 않는다고. 그 말이 처음 어디서부터 생겨났는지는 모르지만 그 말에 토를 다는 사람은 하나도 없었다. 유리 상자에 솜을 깔고 학 천 마리를 정성스레 넣었다.

천 마리가 거의 다 되어 갈 때쯤 누군가 또 말했다. 첫눈이 오는 날 상대에게 주면 첫사랑이 이루어진다고. 나는 유리 상자를 예쁘게 포장해 놓고 첫눈이 오기만을 손꼽아 기다렸다. 그리고 드디어 첫눈이 내렸다.

그해, 밤부터 눈이 내리기 시작했다. 그런데 그 밤에 그것을 그 애에게 전달하는 일은 쉽지 않았다. 지금처럼 핸드폰이나 메일이 있었다면 연락을 해서 만났겠지만 그때는, 직접 만나는 수밖에 없었다. 그러나 밤에 여학생이 남학생을 불러낸다는 것은 여간 눈총을 받는 일이 아니었다. 그리고 사실 그럴 용기도 내겐 없었다.

집에서 식구들 몰래 용케 빠져나오긴 했지만 그 애 집 앞에서 몇 시간을 서성여야만 했다. 행여 그 애가 밖으로 나오지 않을까 목을 빼면서 그 집 앞을 서성거렸다. 몇 시간이 흘렀을까, 그만 그

애 방의 불이 꺼졌을 땐 와락 눈물이 터졌다. 무얼 어쩌겠다는 아무런 계획도 없이 사랑하는 마음 하나로 맞서 본 최초의 절망이었다. 그날 밤 나는 종이학 천 마리를 첫눈 속으로 날려 보냈다. 그해 첫눈은 폭설이었다.

들녘이 다 지워진 곳에 눈을 맞으며 열일곱의 내가 훌쩍이고 서 있다. 나는 다가가 가만히 손을 내민다. 그 소녀는 눈물 그렁한 눈으로 나를 쳐다본다. 나는 꽁꽁 언 소녀의 손을 잡아 준다.

"괜찮아."

나는 소녀의 손을 호호 불어 녹여 준다. 소녀의 언 손에 다시 온기가 돌아오자 신기하게도 건조주의보가 내려져 있던 내 몸에도 물기가 스며든다. 내 몸 속으로 스며든 물기가 퍼석거리던 가슴을 적시고 뻑뻑하던 안구로도 스며들어 물기가 피잉 돈다. 내 눈에도 눈물이 그렁그렁 차오른다. 열일곱의 내가 내 가슴에 얼굴을 묻는다.

"다 괜찮아질 거야."

나는 열일곱의 나를 꼭 끌어안아 준다. 가슴이 울컥, 뜨거워진다.

하늘에서 벌이는 잔치도 끝나 가는지 떡가루를 체에 쳐 내리는 것 같던 눈발도 이젠 소강 상태로 접어들었다. 나는 그 깊이를 알 수 없는 하늘을 올려다보며 먹먹해진 가슴을 쓸어내렸다.

"갈 길이 걱정되시죠?"

함께 있는, 담양에 사는 K가 뜨거운 커피를 건네며 말했다. 나는 이제 막 열일곱의 나와 조우했던 끝이라 쉬이 말문이 열리지 않는다. 나는 조용히 고개를 저으며 미소로 답했다. 다른 때 같았으면 그의 걱정스런 말투에 몇 배는 더해 히스테리에 가까운 반응을 보였을 터였다. K가 놀란 눈으로 나를 바라보았다.

괜찮아요, 내 입속에서 열일곱의 내가 웅얼거렸다.

김미승 | 시인

어디를 가든 자의반 타의반으로 주변의 맏언니 역할을 도맡고 있다. 매사에 딱 부러지고 구김살 없지만 속마음은 그 옹골진 깊이와 폭만큼이나 따뜻하며 곱다. 생활과 사람과 시가 일치하는 보기 드문 시인으로, 바쁜 틈에도 시에 대한 열정과 천착은 누구 못지않다.
1999년 「작가세계」로 등단했으며, 시집 『네가 우는 소리를 들었다』가 있다. 현재 시 낭송회 '비타포엠' 부회장으로 더욱 바빠지다.

봄꽃이 여름꽃을 부르는 오월,

이른 아침 산책을 나섰습니다.

제 몸에서 뽑아낸 길을 따라 아침 공양 나서는 거미를 만났지요.

내가 보기엔 허공을 배경으로 낸 길이 위태롭기만 한데

흔들리는 길을 아주 익숙하게 걸어가더군요.

가야 할 길이 정해진 길은 흔들려도 두렵지 않나 봅니다.

나도 마음 흔들리고 흔들려도

정해진 길을 벗어나지 않고 가리라 다짐합니다.

양지꽃의 아침 공양은 이슬인가 봅니다.

노오란 꽃잔에 맑은 이슬 한 잔 놓고

마치 누군가를 애타게 기다리고 있는 듯하여

나도 모르게 저절로 발길이 멈추네요.

잠시 그와 마주 앉아 차 한 잔 나누고 싶어집니다.

이슬 한 잔이 살림살이의 전부이지만

지나가는 발길을 저절로 멈추게 하는 것은

아마 모자라지도 넘치지도 않게 사는

저 맑고 환한 순수의 힘이 아닌가 생각합니다.

저렇게 깨끗한 삶을 보면 이런 생각이 들어요.

사람 사는 세상에도 저렇게 순수한 사람 하나 있다면

무조건 살림 차리고 싶다는 생각 말입니다.

그러나 그것도 잠시 한 생각일 뿐,

모든 생명은 잠시 머물다갈 무상한 것이니

해가 떠오르면 이슬이 사라지고 양지꽃도 이내 질 것입니다.

부질없이 한 생각 일으켜 괴로움의 실마리를 자초하고 있구나 싶어

생각을 털고 일어섰습니다.

산골짜기 어디에선가 구구─구구 구구─구구

짝을 찾는 산비둘기 한 마리가 애타게 구애하고 있네요.

제 딴엔 풀숲에 몸을 숨기고 있다고 생각하겠지만

만천하에 소리를 들키고 말았으니 사랑하고 싶은 마음은,

사람이나 동물이나 숨길 수도 없고 숨겨지지도 않나봅니다.

봄꽃이 지면서 여름꽃을 부르고 여름꽃이 지면서 가을꽃을
부르는 산이나 들을 걷다 보면 꽃은 영원하지 않다는 걸 알
려 주지요. 그럴 때마다 나는 가던 길을 멈추고 낮은 곳으로
흐르는 물 소리와 거침없이 스쳐가는 바람 소리와 만물에 차
별 없이 내리는 햇살을 받으며 뻔한 길을 멀리 돌아가는 나
를 보지요. 산꿩 부부가 들일 나가는지 골짜기 잠시 소란스
런 아침, 나도 그만 가야 할 길을 서둘러야겠습니다.

행여 내 무지한 불청객의 방문으로 인하여
저 구애의식에 방해될까 봐 발소리를 죽이며 길을 바꾸었지요.

굽은 길을 에돌아 경사진 길을 오르는데
떡갈나무 등걸에 있는 연두빛 자벌레 한 마리와 눈이 마주쳤어요.
가만히 다가가 걸음을 멈추고 자세히 보니
제 몸을 자로 삼아 이 세상을 재고 있군요.
머문 자리에서 갈수 있는 만큼만 정확하게 뻗어
자기 분수에서 한 치도 벗어나지 않으면서
세상을 앞질러 가지도 물러서지도 않고
오체투지로 삶과 죽음 사이를 재고 또 재네요.

먼발치에서 상수리나무를 타고 놀던 다람쥐가
주위를 두리번거리다 내 눈길에 줄행랑을 치네요.
잠깐의 인연이 아쉬워 주위를 둘러보았지만
이내 어디론가 사라지고 보이지 않아 아쉽네요.
인연에 집착하지 말라는 가르침인가 봐요.
문득 자연은 저마다의 길이 있기에 아름답다는 생각이 드네요.

봄꽃이 지면서 여름꽃을 부르고
여름꽃이 지면서 가을꽃을 부르는

산이나 들을 걷다 보면

꽃은 영원하지 않다는 걸 알려 주지요.

그럴 때마다 나는 가던 길을 멈추고

낮은 곳으로 흐르는 물소리와

거침없이 스쳐가는 바람 소리와

만물에 차별 없이 내리는 햇살을 받으며

뻔한 길을 멀리 돌아가는 나를 보지요.

산꿩 부부가 들일 나가는지 골짜기 잠시 소란스런 아침,

나도 그만 가야 할 길을 서둘러야겠습니다.

조동례 | 시인

마냥 말없이 웃기만 하는 잔잔한 미소 속에 많은 말이 담겨 있을 법도 한데 여전히 말이 없
다. 세상을 죄 버린 듯싶은 그의 탈속적 향기가 애지중지 손질하는 야생화를 통해 묻어나
오는 것일까. 그가 가꾸는 꽃뜨락은 언제나 단정하면서도 은은하다. 엿볼수록 불교적 소양
과 성찰이 그윽하다.
첫 시집 『어처구니 사랑』이 도서관협회 우수문학도서로 선정되었으며, 제2시집 탈고 작업
이 한창이다.

작가소개

고영서 | 볼수록 청아한 강물에 명징한 칼을 숨기고 제자리에서 유유히 흐르는 음유 시인.

권달웅 | 맘에 드는 친지면 시 못지않게 탐하던 수석도 흔쾌히 나누는 인심 또한 구수한 시인.

김광옥 | 허드렛일도 젊은이들 앞서 손수 챙기는 겸손이 몸에 배어 있는, 소탈하면서도 근검하고, 자기관리에 엄정한 인품의 향기가 사위에 그윽한 학자이자 시인.

김규성 | 적송향 그윽한 산채에 남은 시간의 둥지를 틀고 작은 소쇄원처럼 세설원(洗舌園)을 가꾸고 있는 시인.

김미승 | 매사에 딱 부러지고 구김살 없지만 속마음은 그 옹골진 깊이와 폭만큼이나 따뜻하며 고운 시인.

김성범 | 예술가 향기 잘잘 흐르는 제격을 갖추고는 섬진강 강변 산자락에 도깨비마을을 조성하여 촌장 노릇하는 시인 겸 동화작가, 작곡가 겸 조각가, 극작가 겸 연출가.

김세인 | 밀린 집필 중에도 탁구와 산행은 거르지 않는, 웬만한 시름이나 설음 따위는 감히 발붙이지 못하는 소설가.

김해화 | 자본에 오염되지 않은 순수노동을 지향하는 고집이 안타까울 만큼 한결같은, 누가 그 동자승 같이 순진무구한 표정의 시인.

김희수 | 강단에 서면 해박한 강사요, 밀짚모자를 쓰면 영락없이 농사꾼인데, 그 속은 단단하기 이를 데 없는 시인.

김희철 | 사물마다 그냥 지나치는 법이 없으며, 왕성한 관찰력으로 특유의 상상력을 불러일으키는, 언젠가는 놀라만한 작품이 쏟아질 것 같은 동화작가.

남길순 | 그동안 어떻게 그 끓어넘치는 열정을 억누르고 있었을지 궁금할
정도의 창작의 열기와 맛에 매료되어 있는 늦깎이 시인.

박노동 | 마냥 겸손하고, 속 깊고, 국 넓은 보통사람일 뿐, 쉽사리 그 비장
의 카리스마가 눈에 띄지 않는 시인.

백우선 | 아침이면 제일 먼저 일어나 창작촌의 화목 보일러에 불을 지피는
교사이자 시인.

범대순 | 두루 감싸듯 어울리면서도 자기 세계만은 근엄하고 의연하게 지
켜가는 지사적 선비의 전범, 니체의 자라투스트라를 연상케 하는
만년 청년 시인.

손병현 | 남의 일까지 소리 없이 할 일은 다하는 숨은 일꾼이자, 늦장가를
든 재미로 쏠쏠한, 대단한 애처가일 것 같은 소설가.

손월언 | 프랑스 몽마르트르에 사는, 까만 파마머리에 낡은 카메라를 추켜
들고 어슬렁거리는 까칠한 동양 시인.

송은일 | 금세 누구와도 격 없이 어울리는 단순 소탈 속에 벅찬 활화산과
번뜩이는 예지의 칼날을 감추고 있는 소설가.

안오일 | 썰렁한 유머를 늑장부리듯 슬그머니 터뜨려 주변을 한 박자 늦게
웃기는, 사려 깊고 옹골찬 시인.

오을식 | 젊어서 오빠부대를 몰고 다닌 혐의가 짙은 외모만큼이나 알게 모
르게 주변을 챙기는 마음 씀씀이도 여간 향기롭지 않은 소설가.

윤동수 | 웬만해선 거절하지 못하는 사람 좋은 이웃 아저씨이지만 속은 시
대적 고민에 대한 결연한 의지로 꽉 찬 소설가.

윤지강 | 그 얄캉얄캉하고 정갈한 외모 속에 뜨거운 집념이 불타고 있는,
대단한 열정의 소설가.

이기호 | 변화무쌍한 말발과 종횡무진의 상상력을 교직하여 눙치는 묘미
가 사뭇 놀랍고, 미소가 참 매력적인 소설가.

이원화 | 활짝 핀 웃음만큼 웃음소리도 시원시원한, 주변을 상쾌하게 해
주는, 남다른 성실과 온유에 그 웃음이 멋있는 소설가.

이잠 　| 다소곳 듣는 풍경이 해맑은 미소와 어울려 평화롭지만 할 말은
가려 가며 편안하게 하는지라 항상 뒤가 개운한 시인.

이지담 | 단아하고 사려 깊은 양반집 규수 같지만, 솔선을 무기로 좌중을
사로잡아 이끄는 통솔의 마력을 발휘하는 시인.

이태관 | 친구 좋아하고, 술 좋아하는 시인에다 가수 뺨치는 노래 또한 일
품인, 삭막한 세상에 끈끈하고도 촉촉이 사람이 그리워지게 유혹
하는 남다른 재주가 있는 시인.

이화경 | 시몬 드 보부와르와 조르주 상드, 거기에 한나 아렌트를 합성해
놓은 것 같은 소설가.

임영태 | 은연중에 빨려 들어가지 않을 도리가 없는, 덤덤한 듯 깊고 정갈
한 인품과 결곡한 의지가 면면히 녹아 흐르는 소설가.

전윤호 | 역동을 통해 적정을 추구하려는 시풍과 무관치 않을 것 같은, 다
가갈수록 다감하고 속 깊은 시인.

조동례 | 마냥 말없이 웃기만 하는 잔잔한 미소 속에 많은 말이 담겨 있을
법한, 엿볼수록 불교적 소양과 성찰이 그윽한 시인.

천서봉 | 듬직한 체구만큼이나 언행도 묵직하니 일치하고, 자연스럽게 발
산되는 성실성이 아예 몸에 곡진히 배어 있는 시인.

최은숙 | 면벽의 치열한 수행으로도 이르기 어려운 경지를 아무런 공간 속
에서도 자연스럽게 누구에게나 베푸는 교사이자 시인.